가족사진

가족사진

발행일	2018년 8월 17일			
지은이	서 정 현			
펴낸이	손 형 국			
펴낸곳	(주)북랩			
편집인	선일영	편집	오경진, 권혁신, 최승헌, 최예은, 김경무	
디자인	이현수, 허지혜, 김민하, 한수희, 김윤주	제작	박기성, 황동현, 구성우, 정성배	
마케팅	김회란, 박진관, 조하라			
출판등록	2004. 12. 1(제2012-000051호)			
주소	서울시 금천구 가산디지털 1로 168, 우림라이온스밸리 B동 B113, 114호			
홈페이지	www.book.co.kr			
전화번호	(02)2026-5777	팩스	(02)2026-5747	

ISBN   979-11-6299-272-2 03810 (종이책)   979-11-6299-273-9 05810 (전자책)

이 도서의 국립중앙도서관 출판예정도서목록(CIP)은 서지정보유통지원시스템 홈페이지(http://seoji.nl.go.kr)와
국가자료공동목록시스템(http://www.nl.go.kr/kolisnet)에서 이용하실 수 있습니다.
(CIP제어번호: CIP2018024652)

낡은 흑백사진에 담긴 한 가족의 소박하고 따뜻한 가족애

가족사진

서정현 지음

북랩 book Lab

차례

1장 가족 이야기

2장 추억을 담다

가족 이야기

아버지의 귀향

우리 형제들은 저마다 소박한 시골집을 가지고 있습니다(작은오빠는 아직 시골집이 없지만 부모님이 사셨던 시골집터를 가지고 있고요). 아버지는 우리에게 한 푼도 물려주시지 않았지만, 우리는 이것이 아버지의 유산이라고 생각합니다.

결혼 후 부산에 정착하고 언니와 오빠들을 모두 결혼시킨 뒤, 아버지는 뜬금없이 나 홀로 귀향을 선언했습니다. 그러니까 지금으로부터 40년 전이군요.

"이제는 모두들 결혼하고 막내까지 독립을 했으니 미뤄두었던 내 꿈을 이루려고 귀향하려고 한다."

결혼 후 평생을 부산의 도심 한가운데서 사셨던 어머니는 아버지의 황당한 선언에 펄쩍뛰며 반대하셨습니다.

"집도 땅도 한 평 없는 그곳에 어찌 간단 말입니까? 가시려거든 당신 혼자 가세요. 저는 절대 못 갑니다."

선언이 있은 지 사흘도 채 못 되어 아버지는 버너와 코펠, 그리고 간단한 등산도구를 챙겨 홀로 고향으로 가 버리셨습니다. 어머니는 일주일도 못 견디고 돌아오실 거라며 기다리셨지만, 간간히 필요한 물품을 부쳐달라는 연락만 올 뿐 한 달이 넘도록 돌아오시지 않으셨습니다.

두 달이 지난 무렵, 걱정 반, 궁금증 반으로 어머니는 결국 물품을 부쳐달라던 주소로 찾아가셨습니다. 그곳은 거창군 북상면에 위치한 남덕유산 국립공원 근처 산골짜기의 비어있는 시골집이었습니다.

그 후 어머니는 "전기밥솥 부쳐다오.", "압력밥솥 부쳐다오.", "안 쓰는 냉장고 부쳐다오…".를 반복하시더니 6개월도 안되어 작은 용달차 하나를 빌려서 그릇이며 이불이며 살림살이를 몽땅 실어서 그곳으로 분가를 하기에 이르렀답니다.

아버지는 왜 하필 아는 이 하나 없는 그 산골짜기로 들어가셨을까요?

아버지는 거창 읍내의 비교적 부유한 집안의 막내아들이었습니다. 마을에서 수재로 소문난 아버지는 일제강점기 때 진주사범학교를 졸업하고 해방 후 거창농고를 다니셨답니다. 그곳에서 스승이었던 영어 선생님을 만나게 되었고 그 분에게 큰 영향을 받은 아버지는 춘원 이광수 등의 책에 심취해 있었고 유물론 사상과 철학을 접하게 되었답니다. 결국 영어선생님을 따라 지리산으로 향했고, 소위 빨치산이 되어 산 생활을 하게 되었다지요. 지리산 자락과 남덕유산 자락을 손바닥 보듯 빤히 아시는 계기가 된 사연입니다.

덕분에 우리가족들은 연좌제에 묶여 알게 모르게 큰 고통 속에 살아야했습니다. 큰오빠는 원했던 대학(육사)에 가지 못했고 ROTC도 할 수가 없었지요. 작은오빠가 대학 2학년이 되던 해에 드디어 연좌제가 해제되었지만, 그 후로도 보이지 않는 불이익은 계속되었습니다.

당신의 과거에 대해 일체 함구하셨던 아버지는 큰오빠가 입대를 하고 입대할 때 입고 간 옷을 소포로 받던 날 끝내 펑펑 눈물을 쏟아내셨습니다. 살아생전 당신의 눈물을 그때 처음 보았던 것 같습니다.

나름 격동기였던 80년대 초에 대학을 다녔던 오빠들과 나는 시내에서 데모가 있는 날이면 어김없이 잠옷차림으로 부모님 감시 하에 집안에서 한 발짝도 나가지 못하는 신세가 되어야 했습니다.

집안 형편 상 등록금 외에는 어떤 용돈도 줄 수 없다고 하셨기에 우리는 방학 때 갖가지 아르바이트를 했고 그것이 당연하다 생각했습니다. 나는 대학을 서울로 가고 싶었던 터였지만 집안 형편은 국립 사범대학 외에는 꿈도 꿀 수 없도록 선을 그었습니다. 등록금이 일반대학의 ½밖에 안 되었으니까요. 내 성적이 아까웠던 큰오빠가 휴학을 하겠다고 했지만 내가 꿈을 접는 편이 빨랐습니다.

대학원을 갈 때는 등록금에 대한 지원조차 없었습니다. 부모의 역할과 의무는 대학까지라고 선을 그으셨기 때문에 우리는 각자 알아서 벌어서 대학원에 진학했고, 이 사정을 알 리 없었던 형부는 대학원 등록금을 꾸러왔다가 아버지의 일장연설을 듣고 발길을 돌려야했습니다.

유학을 갈 때도 마찬가지였습니다. 가난한 국비 유학생…. 하루가 멀다 하고 날아오던 아버지의 편지는 공문서나 철학책 같았습니다. 인터넷이 없었던 시절, 꼬박꼬박 답장하는 것이 학교 숙제보다 더 버겁게 느껴졌습니다.

아버지 49재 날.

아버지의 옷가지와 함께 아버지가 보내주셨던 700여 통의 편지도 함께 태웠습니다(어머니의 권유로 태웠지만 두고두고 후회합니다). 감정이 섞이지 않은, 용건과 사실 위주의 아버지의 편지들. 끝머리엔 항시 어머니의 추신이 삐뚤빼뚤 한줄 적혀 있었습니다.

지금은 모두 재가 되어 사라졌지만, 어느 날인가 보내오신 편지 중 한 줄은 선명히 머리에 남아있습니다.

"풀밭에 벌통을 놓아두고 누워 하늘을 바라본다. 내 꿈을 이루어 행복하다."

청년시절 못 다한 꿈을 이루겠노라고 산골짜기로 들어가 여생을 사셨던 아버지. 올해는 아버지가 떠나신 지 꼭 20년 째 되는 해입니다. 음력 기일은 잘 기억하지 못하지만 양력 1998년 11월 1일, 화사하고 따스한 가을날 아버지가 세상을 떠나셨습니다.

사실, 아버지는 우리 가족의 바람막이가 되지 못하셨습니다. 오히려 당신의 과거 때문에 우리를 고난 속에 놓이게 한 장본인이셨습니다. 꼭 필요로 하는 곳에는 빚이라도 내셨지만, 돈이 있어도 스스로 해결해야 하는 일에는 일체 돈을 주지 않으셨습니다. 우리 부모님이 우리에게 물려주신 것은 물질이 아니라 삶을 대하는 자세인 듯합니다.

인간을 성장시키는 것은 풍요로움이 아니라 적당한 결핍과 좌절이라는 교육자들의 말에 밑줄을 그어봅니다.

아버지와 벌침(봉침)

앞서 말했듯이 아버지는 나이 육십을 훌쩍 넘어 뜻한 바 있어 귀향하셨습니다.

젊은 날 꿈꾸었던 대로 양봉을 하시겠다며 양봉과 관련한 책들을 한 권씩 사기 시작하셨고, 내가 고등학교를 졸업했을 때 드디어 마지막 수험생 뒷바라지를 마쳤다고 좋아라 하셨던 어머니는 또다시 늙은 수험생(?)의 곁을 지키며 뒷바라지를 하셔야했습니다.

양봉을 시작하신 지 3년이 지났지만, 아버지는 여전히 방에서 책과 함께 양봉을 연구하셨기에 정작 꿀을 뜨러 나가시는 것은 어머니였습니다. 벌꿀의 효능과 양봉의 원리와 꽃들이 피고 지는 시기를 분석하고 연구하기에도 시간은 턱없이 부족하다하셨습니다.

언젠가부터 언니, 오빠들로부터 아버지가 조만간 벌침을 놓으시러 오실 거라는 소문이 돌았습니다.

이유인 즉, 형부가 일본 출장을 갈 때 아버지의 요구로 사 드린 책 가운데 봉침에 대한 책이 한 권 섞여 있었고, 그 후로 큰오빠에게 도서관에서 각종 봉침에 대한 자료를 복사해 달라는 연락을 받았다는 것입니다.

그 소문이 돌면서 한 달에 한번쯤은 아버지 시골집에서 모임을 가지곤 했던 형제들은 저마다 이런저런 이유를 핑계로 부모님 댁 방문을 피하기 시작했습니다.

제일 먼저, 아버지는 당신 몸에 벌침을 놓으시겠지요. 다음 타자는 어머니일 테고, 그 다음 타자는 큰오빠 내외…. 막내인 저에게 차례가 오는데도 그리 긴 시간이 걸리지 않을 듯 했습니다. 물론 가족들 차례가 끝나면 북상면 월성계곡 이웃들도 예외는 아닐 터였습니다.

학교일이 바쁘고 공부가 힘들다며 차일피일 안부전화만 하던 어느 날, 아파트 주차장에서 아버지 차를 발견하고야 말았습니다. 현관을 들어서던 아버지의 손에는 누렇고 불룩한 서류봉투 하나와 핀셋이 들려져 있었지요.

내 예상과 달리 언니, 오빠들을 건너뛰고 가장 사랑하는 당신의 막내딸에게 곧바로 달려오신 겁니다.

"애야. 내가 어깨가 그리 아팠었는데 느 아버지 벌침을 맞아 그런지 씻은 듯이 나았단다. 참 희한하지…. 나도 첨엔 긴가민가했었는데 참 용하더라."

일본의 저명한 스즈끼 박사인지 마자끼 박사의 연구 결과를 토대로 한 아버지의 봉침 효능 강의가 끝난 후, 어느 틈에 봉침 바람잡이가 되신 어머니의 감탄사가 이어졌습니다.

다급해진 나는 내 체질은 꿀이 맞지 않는다는 점과 어릴 적 심인성 알레르기가 있었다는 점을 들었고(사실입니다), 특히 알레르기가 있는 경우 치사율이 79%라는 연구결과가 있다고 거짓말을 하기에 이르렀습니다.

숫자와 통계와 연구결과를 신봉하던 아버지의 허점을 노린 것이지요. 치사율 79%에 깜짝 놀라신 듯한 아버지는 이내 큰오빠네로 발길을 돌리셨습니다. 그 와중에도 행여 봉투속의 벌들이 죽을까봐 간간이 공기를 넣어주시느라 분주하셨지요.

평소 아버지와의 관계가 돈독하던 울 새언니는 어머니가 바람 잡을 틈도 주지 않고 "아이고 아버님! 제가 요즘 허리가 아파서요…" 하며 남은 가족들을 위해 마루타 정신을 발휘하였습니다.

아뿔싸! 그런데 올 것이 오고야 말았습니다. 새언니는 정말로 알레르기가 있었고 다음날 온몸이 불긋불긋 솟아올라 병원신세를 져야했으니까요.

알레르기가 있을 때 치사율 79%라는 나의 뻥을 굳게 믿었던 소심한 아버지는 병원을 오가며 어쩔 줄 몰라 하셨다 합니다.

약은 약사에게! 진료는 의사에게!

무면허 부부 봉침 시술단이 막을 내리는 순간이었습니다.

어머니의 음식솜씨

어머니가 세상을 떠나시기 한 달 전, 우리내외는 어머니를 뵈러 갔었습니다. 강릉에서 거창까지 먼 길이었기에 자주 뵐 수 없어서 큰 맘 먹고 나선 길이었지요.

어머니는 온 종일 우리내외가 온다고 음식솜씨를 발휘하셨지만 불편한 몸 때문에 마음대로 되지 않으셨는지 조금 속상해 하는 마음으로 초밥, 계란밥, 김밥 세트를 내놓으셨습니다.

아! 추억의 어머니 표 김밥!

하지만 우리는 체면 상 두어 개를 집어먹었을 뿐, 더 이상 손을 대지 않았습니다. 예전의 음식솜씨가 아니었지요. 지금 실토하건데, 간이 전혀 맞지 않아 못 먹을 맛에 가까웠습니다.

속상해 하실까봐 배가 부르다며 도시락에 담아왔습니다. 그날 저녁 우리 집 강아지들은 영문도 모른 채 초밥, 김밥, 계란밥을 세트메뉴로 포식을 했지요.

젊은 날 우리 어머니의 음식솜씨는 온 동네에 소문이 나 있을 정도였습니다.

덕분에 우리는 어릴 적, 당시에는 흔히 먹을 수 없었던 팔보채며 탕수육이며 일품요리들도 종종 먹을 기회가 있었답니다.

내가 일곱 살 무렵엔가 생전 처음 보는 노란색의 희한한 음식을 만드셨지요. 가족들은 저마다 맛있다고 칭찬을 했는데 그 후로 다시는 어머니 음식을 칭찬하지 않는 계기가 된 사건입니다.

우리는 일주일 내내 그 노란색 "카레라이스"를 먹어야했고, 집안에는 온통 카레냄새가 등청을 했으며 놀러온 이웃들마다 이게 도대체 무슨 냄새냐 했었답니다.

꾸준히 울 어머니 음식솜씨를 칭찬했던 아버지 덕분에 우리 식구들은 자주 이런 일을 겪어야했습니다. "어딜 가도 늬 어머니 된장찌개처럼 맛있는 된장은 못 봤다." 이 한마디면 일주일 내내 된장찌개가 나왔으니까요.

줄줄이 도시락을 네 개나 싸야했던 어머니는 늘 도시락 반찬이 고민거리셨지요. 고등학교 다닐 때, 소풍날이면 어머니는 모처럼 솜씨를 발휘하셨습니다. 초밥과 계란밥, 검정깨가 송송 박힌 주먹밥과 김밥 세트였지요. 아차! 무심결에 내가 맛있었다고 칭찬을 하고야 말았습니다.

놀라지 마시라! 그 후로 고3 일 년 동안 내 도시락은 언제나 김밥아니면 초밥이었습니다. 도시락 반찬 걱정 덜었다고 어머니는 흐뭇해하셨지만 나는 정말 고역이었습니다(나는 친구들과 밥을 바꿔먹어야 했습니다).

우리 집 밥상은 늘 반찬으로 가득했지만 실토하건데 정작 먹고 싶은 것은 거의 없었습니다.

창의력도 대단하시지! 깻잎이 나는 철에는 지지고 볶고 튀겨서 족히 열댓 가지의 깻잎반찬이 나왔습니다. 고추가 나오는 계절엔 더했습니다. 고추의 변신이 더 이상 생각나지 않을 만큼 기발한 고추 반찬들이 나왔지만 말없이 즐겨먹는 사람은 오로지 우리 아버지 한 사람뿐이었지요.

각종 장아찌는 말 할 것도 없거니와 김부각, 명태 대가리부각, 가죽나물부각, 고추부각, 다시마부각…. 들어나 보셨나요? 배춧잎부각(먹어본 부각 중에 사실 그게 제일 맛있습니다)!

한천을 끓여 팥으로 양갱을 만드시던 어머니. 잣이며 곶감으로 예쁘게 고명 장식을 하셨더랬지요.

어머니가 만드신 기주떡(중편). 귀한 줄 모르고 먹었었는데, 만들기가 무척 까다로운 떡이란 것을 최근에야 알게 되었습니다.

어느새 김장철인가 봅니다. 마트 진열장 한켠에 배추가 쌓여있네요. 배추자반, 배추 쌈, 배추나물, 배추 된장국, 겉절이 김치, 그리고 김장 김치! 어머니가 계셨다면 상에 올라왔을 배추 레퍼토리를 떠올려봅니다.

이제는 더 이상 맛볼 수 없는 어머니의 음식.

이제야 고백합니다. 어머니… 당신의 음식솜씨는 최고였다고.

···

눈치 채셨는지 모르겠지만 나는 한 번도 우리 어머니를 '엄마'라고 불러본 기억이 없습니다. 주워다 기른 아이마냥 언제나 이머니리 불렀고 깍듯한 존댓말을 사용했습니다. 어머니랑 통화하는 것을 본 사람들은 시어머니냐, 학부형이냐, 묻곤 했지요.

평생 나를 짝사랑 했다시던 어머니.

한 번쯤은 "엄마!"라고 불러드리고 싶었지만, 행여 '다른 엄마'가 돌아볼까봐 못 불러보았네요. 보고 싶어요. 엄마….

어머니의 그릇

내가 아주 어릴 적, 어머니는 곗돈을 타던 날 큰 맘 먹고 그릇 세트를 사 오셨습니다.

하얀 그릇들을 조심스레 꺼내며… 언니 시집갈 때 줄 혼수라고 했습니다.

이제 갓 중학생이던 언니는 그저 입만 삐죽였지만 싫지 않은 기색이었지요.

그 그릇은 보물단지나 되듯 찬장 제일 위쪽에 놓여 있었습니다.

이모가 오시거나 어머니의 친구가 오면, 새로 산 그릇을 자랑하곤 했네요.

아주 귀한 손님이 오신 날, 어머니는 처음으로 그 그릇에 수정과를 담아내었습니다. 잣이 동동 떠 있는 수정과는 하얀 그릇과 무척 잘 어울렸습니다.

손님이 가시고 난 뒤 한 번도 사용하지 않은 척 다시 고이 닦아서 찬장 위에 올리셨습니다.

하지만 언니가 시집 갈 적에, 어머니는 그 그릇들을 주지 않으셨습니다.

사실은, 언니가 가져가지 않은 것이지요.

어머니는 내가 시집갈 때 줄 그릇이라 주지 않았다 했지만, 해묵은 유행 지난 그릇을 언니가 가져갈 리 만무했습니다.

"이 그릇이 얼마나 비싼 그릇인지…. 곗돈 타서 이 그릇 사느라 다 썼네. 너 시집갈 때 가져가라."

어느 틈에 그 그릇들은 내 혼수가 되었습니다.

아주 가끔씩 귀한 손님이 다녀갈 적에 어쩌다 한 번씩 사용하긴 했지만 여전히 귀한 대접을 받고 있는 그릇이었지요.

어머니가 돌아가시기 한 달 전, 우리 부부는 어머니 댁을 들렀습니다.
어머니는 갑자기 싱크대 깊숙이 모셔두었던 그 그릇들을 신문지에
고이 싸기 시작하십니다. 내 혼수품이니까 가져가라는 것이었지요.
우리가 결혼 한 지가 언젠데 40년도 넘은 해묵은 그릇들을…. 나는
손을 내저으며 거절했습니다.

한 달 뒤, 거짓말처럼 어머니가 돌아가시고 나는 그 그릇들을 어머
니 유품으로 가져왔습니다.

...

살아생전 주실 때 "고맙습니다~." 하고 가져 올 것을…. 유품으로 가
져온 못난 막내입니다.
저 그릇들은 젊은 날 어머니의 최대 사치가 아니었을까요?
팔십 평생 그리도 아끼던 그릇을 바라보며 어머니가 아닌, 한 여자
를 떠올려봅니다.

사랑

어머니가 사시던 아파트를 정리하고 이제는 더 이상 부모님의 고향에 갈 일이 없어진 우리들이었지만, 모처럼 날을 잡아 거창에서 모였습니다. 아직 그곳에 살고 계신 큰이모를 모시고 저녁을 먹는데,

"아이고~ 말도 말아라. 그 시절에 느 어머니, 느 아버지랑 연애를 했더란다."

하십니다.

아무래도 울 아버지의 성격을 아신다면 어머니와 '이수일과 심순애' 같은 열렬한 연애 같은 것은 떠올릴 수 없습니다. 한 마을에서 자랐고, 아버지와 어머니의 오빠(큰외삼촌)는 고교동창생이었으니 뭐 군이 연애랄 것도 없을 것입니다만, 친척들은 저마다 "에그~ 그 시절에 연애질을 했더란다." 하며 혀를 차곤 했습니다.

하지만 정작 어머니나 아버지한테 들었던 연애담은 거의 없었던 것 같습니다.

어릴 때부터 새치가 많았다던 울 아버지의 별명은 '영감'이었답니다. 어느 날, 어머니는 학교에서 돌아오던 울 아버지를 보고 "영감~!" 하고 별명을 불렀다가 모자로 뒤통수를 한 대 얻어맞았다던가요? '진짜 내 영감'이 될 줄은 꿈에도 몰랐다했지요.

울 어머니 처녀 적에 큰이모랑 방에서 자수를 놓고 있는데 아버지가 쓰윽 들어와 어머니 바늘을 뺏어가더랍니다. 잠시 후, 바늘을 찾으러 갔더니 바늘과 함께 내민 종이 한 장.

글씨는 없고 바늘구멍이 송송 뚫려있어 불빛에 비추어보니….

"9시 갱군으로!"(갱군은 냇가를 뜻하는 거창사투리)

어머니가 받았다던 첫 번째 연애편지는 바늘로 구멍을 뚫어 쓴, 한 줄짜리 종이였다지요.

하지만 그 뒤로 한참을 들어봐도 양가 부모님의 반대가 이어지거나 죽니 사니하며 손잡고 야반도주를 한 것도 아니요, 머리칼이 몽땅 잘리거나 다리몽둥이가 부러진 적도 없는, 그저 그렇고 그런 이야기에 불과했습니다.

아버지가 돌아가시기 1년 전, 집안의 시사(時祀)를 모시러 온 친척들과 함께 산에 갔더랍니다. 시사 준비로 온종일 분주했던 어머니… 고단한 하루였겠지요. 갑자기 아버지가 살그머니 무덤 뒤편, 사람들이 없는 곳으로 어머니를 부르셨답니다. 주위를 살피며 말없이 어머니 손에 쥐어준 것은, 누군가가 피다 버린 장초 한 까치였다지요.

바늘로 구멍을 송송 뚫어 쓴 편지가 꽤 로맨틱했다지만, 정작 아버지의 사랑이 느껴지는 것은 이 대목이었습니다.

우리 어머니는 담배를 피우셨습니다. 막내인 나를 임신하고 입덧이 너무 심해 고생을 하자 아버지가 사다준 것이 담배였다네요.

어릴 적, 내 기억 속 행복한 풍경 한 조각은 식사 후에 마주앉아 담배를 피던 두 분의 모습이었습니다. 아버지가 고질적인 폐병이 도져서 더 이상 담배를 피울 수 없게 되자, 어머니도 끊었다고 했지만 몰래 베란다에서 숨어 피시던 중이었습니다.

시사를 지내던 날, 온종일 사람들 틈에 피곤했을 어머니한테 주고 싶었던 위로의 선물은 담배 한 까치였나 봅니다.

소심한 복수

고등학교 때, 어머니의 먼 친척분이 놀러왔습니다.

그 아주머니는 어머니가 아재라고 부르는, 촌수를 알 수 없는 먼 친척의 아내였지요.

평소 낯가림이 무척 심하셨던 아버지는 여자 분이 놀러오면 무조건 안방으로 들어가시는데 그날은 웬일로 하하호호 함께 담소를 나누었습니다.

척 봐도 어머니의 심기가 무척 불편해 보였지요.

며칠 후, 아주머니가 어머니가 부탁했던 물건이라며 뭔가를 들고 다시 우리 집을 방문했습니다. 아버지가 또 반갑게 맞이하시는군요.

어머니는 부엌에서 떡을 찌고 계셨습니다.

헉! 냉장고에서 곰팡이가 난 채로 굳어있어서 버리려고 꺼내 놓았던 쑥떡을…!

여우 목도리를 하고 빨간 입술로 콩고물을 탁탁 털며 그 쑥떡을 먹고 간 아주머니는 처녀 적에 우리 아버지랑 중매 말이 오갔던 사이라지요?

소심한 복수를 했던 울 어머니.

어머니가 지금 내 나이쯤 되었을 무렵의 일이니 오십대 중반이었겠지요.

하여, 남성 여러분! 나이 여하를 막론하고 자나 깨나 조심하세요~.

아버지의 궁금증

우리 아버지는 매사에 철저하고 꼼꼼하고 세심하셨습니다. 전형적인 A형답게 수줍음도 많고 낯가림도 심하고 사회성은 현저히 부족한 분이셨지요.

무엇이든 모르는 점이나 궁금한 점이 생기면 철저히 파고 분석하고 기록하는 성격이었는데, 가령 민들레가 궁금하면 뿌리에서 꽃잎까지 낱낱이 관찰할 뿐 아니라 잔뿌리의 개수와 간격과 길이, 심지어는 민들레씨앗이 날려가는 방향과 각도까지 기록하는 성격이셨습니다. 한 마디로 말하면… 매우 피곤한 성격입니다.

양봉을 위해 자동차가 필요했던 아버지는 청년 시절, 마을에서 소문난 수재였다는 소문을 증명하듯 60을 훌쩍 넘긴 늦은 나이에 운전면허를 한 번에 뚝딱 따셨습니다. 기쁜 마음에 큰오빠는 큰맘 먹고 아버지께 깜짝 선물로 중고차 한 대를 선물 하였답니다.

아버지는 닦고, 조이고, 기름칠하며 그 차를 매우 소중히 다루셨습니다. 그러던 어느 날, 차가 어떤 원리로 달리는지 문득 궁금해지신 우리 아버지…

"무엇이든 원리를 알고 다루어야 한다."가 우리 아버지 소신이었던 바, 본네트를 열고 하나씩 분해하기 시작하셨습니다. 물론 옆에는 노트와 연필을 두고 하나씩 기록해 가면서…

날이 어두워지자 노트를 보며 다시 조립을 하시기 시작했는데… 어라? 다 조립 한 후에도 나사와 부속품이 남아도는 게 아닌가요!

다음날, 아버지는 다시 분해를 시작했고 조립과 분해를 거듭할수록 일이 커져서 남아도는 나사들이 더욱 많아지는 건 또 무슨 조화인지.

급기야 인근의 정비공장 기사를 불렀답니다. 그는 이 황당한 상황을 보고 나더니 난색을 표하며 자동차 전문가를 불러야 한다는 말만 남기고 쌩하니 돌아가 버렸습니다.

다급해지신 우리 아버지. 이리저리 수소문하다 현대 차 조립공장까지 연락이 닿았답니다.

"차의 조립은 본인라인만 알지, 전체 차의 공정을 다 알 수는 없다." 라는 대답이 돌아왔습니다.

그렇다면 해결방법은?

고철 값 받고 폐차하는 것이었습니다.

받은 지 3개월도 안되어 멀쩡한 차를 폐차한 후 크게 상심한 아버지는 두문불출하고 우울한 나날을 보내고 계셨답니다.

몇 달 후, 아버지를 위로하기 위해 큰오빠는 어렵사리 대출을 얻어 다시 지프차를 선물하였습니다. 이번에는 새로 뽑은 신형 코란도 지프차였지요.

아버지가 미안함과 고마움을 대신하여 큰오빠에게 건넨 편지엔 딱 한 줄이 씌어있었습니다.

"다시는 차를 분해하지 않겠음! 1991년 모월 모시, 서석호(인)."

아버지가 돌아가시고 아파트 주차장에 세워져 있던 아버지의 차는 10년이 다 된 차라고 믿기 힘들 정도로 새 차였습니다. 칼같이 약속을 지키시는 울 아버지는 그 사건 이후로 결코 본네트를 열지 않으셨으며 심지어는 부동액이나 워셔액을 갈 때도 정비사에게 부탁했습니다.

어머니의 궁금증

　우리 어머니는 전형적인 O형답게 밝고 활달하며 사람 좋아하는 성격이셨습니다. 다정다감한 성격 이면에는 덜렁거리고 허술한 구석이 많은 분이셨지요.

　아버지의 세세꼼꼼 철두철미 용의주도함과는 거리가 멀어도 한참 멀었으며, 궁금증 또한 전혀 다른 방향이었습니다.

　내가 대학 2학년이던 어느 날, 학교를 다녀왔는데 어머니가 심히 당황한 기색으로 나를 부르셨습니다.

　"저어~기… 내가 너한테 큰 실수를 했는데 용서해준다고 하면 말할 것이고 아니면 영원히 비밀에 부칠란다."

　무슨 일인지 들어보고 판단하겠다했지만, 먼저 용서부터 하라 하십니다. 다정하게 내 손까지 부여잡고서.

　사연인 즉, 나에게 군사우편으로 편지가 왔는데 처음 보는 남자 이름이기에 너무도 궁금하여 살며시 뜯어보셨답니다. 내용을 읽어보니 하잘것없는 군대타령이요 연애편지랑은 한참 거리가 멀어 실망하신 나머지 밥풀로 꼭꼭 다시 봉하셨답니다.

　아뿔싸! 그런데 읽어본 편지지는 넣지 않고 빈 봉투만 봉하셨던 것입니다. 다시 뜯으려다보니 봉투가 그만 누더기가 되고 말았다는 사연이지요.

　그날부로 다시는 남의 편지를 몰래 뜯어보지 않을 것이며, 남학생들한테 전화가 왔을 때 어느 학과 학생인지 꼬치꼬치 묻지 않을 것임을 다짐받고 용서해드렸답니다.

　나의 심각한 건망증은 어머니의 유산임에 틀림이 없습니다.

딸 바보

딸아이를 사랑하는 아빠들을 '딸 바보'라 한다지요? 무엇이든 앞서 가셨던 울 아버지는 이른 바 원조 '딸 바보'였습니다. 두 딸 가운에서도 유독 막내딸을 끔찍이 여기셨지요.

막내였던 나는 또래들과 노는 시간보다는 아버지와 지낸 시간이 더 많았던 것 같습니다. 다섯 살 때는 한글을 배우느라 늘 함께였었고, 5학년 때는 영어를 배우느라 밤이고 낮이고 함께였네요. 그래서인지 두 사람의 필기체는 구분이 안 갈 정도로 똑 닮았지요. 이제사 말이지만 그 해 생일선물로 받았던 영어사전은 두고두고 서운했습니다.

때로는 내 손을 잡고 영화관에 가곤 했더랬지요. 성지극장이었나요? 그 극장이 사라진 지도 한참 되었네요. 무슨 영화들이었는지 스토리도 기억 못할 어린 시절… 한번은 영화관에서 물소들이 떼죽음을 당하고 강물에 피가 낭자해지던 장면을 보았던 게 기억납니다.

그날 저녁, 밥상에 올라온 고기 찜을 보고 심하게 구역질을 했지요. 어머니는 내가 세 살 때부터 고기를 먹지 않는다했지만, 내 기억으로는 그날 저녁부터였던 것 같습니다. 내 지독한 편식의 시작은.

우리가 함께 본 영화 중에 처음 기억나는 것은 초등학교 4학년 때 보았던 '왕과 나군요. 수요명화극장이었던가요? 그 후로는 TV의 흑백 영화를 빼놓지 않고 보는 영화 마니아가 되었습니다. 고등학교 3학년 때는 시험을 앞두고도 어머니의 눈총을 견디며 아버지와 함께 주말의 명화를 보았네요. 율 브리너 주연의 '여로'를 보는데 하필이면 클라이막스 때 정전이 되었지요. 양초 켜 놓고 영화가 끝나지 않길 바라며 TV앞에서 한 시간을 기다렸던….

아버지는 클린트 이스트우드나 존 웨인이 나오는 서부영화를 좋아했지만 나는 '로마의 휴일'이 훨씬 더 재미있었으니 우리 취향은 성격만큼이나 다른 셈이네요.

우리가 마지막으로 함께 영화관에서 본 영화는 내가 대학 1학년 때 부산극장에서 본 시답잖은 영화였지요. 당시에는 매표소 앞에 줄이 꽤나 길었던 인기 영화였는데 지금은 제목마저 기억에 없군요.

용돈이라곤 없었던 고등학교 때, 아침마다 어머니 몰래 500원을 쥐어주셨지요. 시간이 젤 귀한 거라며 학교까지 타고 갈 택시비였죠. 온 동네를 빙빙 돌아가던 버스를 타고 가나 걸어서 가나 30분 걸리던 건 마찬가지였네요. 아마 모르셨겠지요. 매일 지각을 해서 교문 앞에 꿇어앉았던 것을. 소풍 가던 날 빼고 택시를 타고 간 적은 한 번도 없었답니다. 택시비 500원은 내 소중한 비자금이었으니까요.

매일 아침 챙겨 주셨던 노트. 동아일보와 국제신문 사설이 붙어있었지요. 논술시험도 없었던 그 시절에 하루도 안 빠지고 꼬박꼬박 신문 사설을 스크랩 해주신 속셈은 무엇이었나요? 그나마 한자에 까막눈이 아닌 건 그때 읽었던 사설 덕분이지만.

우리 사이를 못내 질투하셨던 어머니.

가정시간 숙제였던 동양자수를 빵점 한번 받아보라며 안 해주셨지요. 당신을 닮지 않아 손재주가 꽝이었기에, 설마하니 해주실 줄 알았습니다. 그날 밤, 내 방에 들어와 몰래 수를 놓아주고 간 사람은 어머니가 아니고 아버지였죠.

연필을 깎아주던 사람도, 내 책상에 사과를 깎아놓고 간 사람도, 잊고 간 도시락을 가지고 학교에 나타난 사람도….

어머니는 "늬 아버지가 자식 교육 다 망친다."고 푸념하셨지만, "어머니는 다음 생에 어떻게 살고 싶으냐." 물었을 때 "너처럼 자유롭게…." 라고 하셨던가요? 어머니는 내가 한없이 자유롭게 보이셨나요?

정작 내가 자유로움을 느낀 것은 아버지가 세상을 떠났을 때입니다. 아버지의 기대와 사랑이 얼마나 짐스러웠는지. 한 눈을 팔고 싶어도 팔 수 없었던….

…

마지막 순간에도 내 손바닥에 "잘 살아라."라고 쓰셨던 딸 바보 우리 아버지.

가끔씩은 내가 잘 살아가고 있는 걸까… 반문해 보지만, 여전히 알 수 없습니다.

걸어가야 할 길이 아직 남은 거겠지요.

언젠가, "나는 참 잘 살았다." 하고 말하면 좋겠습니다.

그런 날이 올까요?

봄날

꽃무늬 저고리에 검정치마를 입고 거창 권계정에서 춤을 추는 어머니의 사진.

흑백 사진이어서 어쩌면 검정치마가 아니고 자주색 치마였을지도…. 그 곁에는 쪼그리고 앉아 있는 내 어릴 적 모습도 보이고 함께 덩실덩실 춤추는 다른 아줌마의 모습도 찍혔네요. 젊은 어머니는 활짝 웃고 있지만 어쩐지 세상을 다 포기한 여자의 표정 같습니다.

우리 어머니의 친정은 경남 거창입니다.

내가 아주 어릴 적, 학교도 들어가기 전 처음으로 어머니랑 단둘이 여행을 했었네요. 이모 집도 가보고, 마당 너른 외가댁도 가보고 내 또래 사촌들이랑 어울려 들로, 산으로 개울가로 맘껏 놀았던 소중한 기억입니다.

한전에 다니셨던 아버지는 퇴근길에 허구한 날 술을 마셨답니다. 나는 아버지가 술을 드신 날이면 사 오시던 센베이 과자를 은근히 기다렸지요. 어떤 때는 껌을 한 통 사 오시기도 했고요. 꼭 껴안고 나에게 얼굴을 부비면, 술 내음과 함께 까끌까끌하던 아버지의 수염….

아이들 월사금에 생활비… 한 달 내내 어머니가 기다리던 월급날이면 다 늦은 저녁에 술 한 잔 걸치고 반 토막이 난 월급봉투를 가져오셨지요. 때문에 매달 월급날이면, 언니는 한전 대문 앞에 아버지를 마중하러 가야했습니다. 옆길로 새는 것을 원천봉쇄해야하는 임무를 띠고.

아버지가 밀린 술값 다 제하고 거진 빈 봉투를 들고 왔던 날, 어머니는 기어코 보따리를 쌌습니다. 이제 갓 중학교에 입학한 언니에게 어린 동생 잘 돌보라 당부해두고, 온종일 혼자 있어야 할 어린 막내만 데리고 집을 나간 것이지요.

80 평생 뒤돌아봐도 제일 신났던 때라 하셨지요.

"나서기가 어렵지, 나가니까 집 생각도 안 나더라."

처음으로 술도 마셔보았다 하셨던가요? 기분 좋게 취한 기분을 처음 느꼈다 하셨지요. 꽃놀이도 가보고, 갯가에서 동창들이랑 장구치고 춤도 추어 보았다했지요. 처음이자 마지막이었던 딱 일주일. 그 해 봄날의 일탈을 평생 소중한 기억처럼 붙들고 계셨지요.

날씨가 완연한 봄입니다. 들판은 아지랑이가 필 듯 노곤하고 아련하네요. 거실에 앉아 햇빛 쏟아지는 마당 풍경을 바라보면 어쩐지 바깥 세상과 유리된 느낌이듭니다. 알맹이 없는 빈껍데기가 된 느낌도 듭니다. 산수유 노란 꽃잎이 저 멀리서 아득하니 느껴집니다.

그 시절의 월급봉투도 없어지고, 밀린 외상값 받으러 회사 앞에 진을 치던 마담들도 없어져서 집 나갈 구실도 딱히 없어졌건만, 교정 앞에 목련꽃 봉우리 보면서 문득 집을 나가고 싶다는 생각은 왜 드는 건지…

저 꽃망울들이 한껏 부풀어 터질 무렵엔 나도 모르게 어디론가 떠나게 될지…. 나이 어려서 걱정되는 막내는 없지만, 주인 떠나면 영문 모르고 굶고 있을 강아지가 걱정되지만…. 에라~ 모르겠다. 집에서 나가고 싶어집니다. 노랫말처럼 "연분홍 치마에 봄바람~." 휘날리면요.

부부싸움

부부싸움을 하지 않고 사는 부부도 있을까요? 잉꼬부부라 소문났던 우리 부모님도 예외는 아니었고 종종 부부싸움을 하셨지요.

부모님이 싸우고 나면, 젤 먼저 피곤해지는 사람은 막내였습니다.

평소와는 달리 싸아~한 분위기에 어머니가 "느 아버지 진지 드시라 해라." 하면, "아버지 진지 드세요~." 하고 안방으로 달려갔지요. 그러면 아버지는 말없이 돌아앉아 다 본 신문을 다시 펼치셨습니다.

돌아와 숟가락을 들라치면 어머니는 "느 아버지 아직 안 오셨다." 했고… 그렇게 내가 안방과 건넌방을 너댓 번이나 오가고서야 겨우 아버지는 자리에 와 앉으시곤 했습니다.

싸움을 하실 때마다 나는 어머니의 말 전달자가 되어야 했고(뻔히 들리는데 왜 전해야 하는지도 참 의문이었습니다), 어느 때는 가다가 잊어버려 "어머니, 뭐라 했는데요?"라고 물으러 돌아가야했네요.

"점심 때 대서소하는 친구가 오신다 해라." 하면, "어머니 대서소가 뭐야요?" 하고 물었고… 대서소가 뭔지 알 때까지 버티면 다음 타자인 작은오빠를 부르시곤 했지요.

고상한 부부 싸움이라구요? 고백하건데 어느 때는 차라리 밥상이 날아가고 와장창 소리가 나는 편이 속 시원하겠다 싶었습니다.

우리들이 다 자라서도 부부싸움의 형태는 변하지 않았습니다만, 문제는 더 이상 말을 전달해 줄 아이들이 곁에 없다는 것이었습니다. 다들 결혼 하거나 독립을 했으니까요.

어느 날 나는 두 분이 사시던 시골집을 들렀습니다. 그런데 부엌에 새로 산 작은 전기밥솥 하나가 있는 게 아닙니까? 사연인즉, 부부싸움 끝에 더 이상 어머니가 해 주시는 밥을 안 먹겠다는 항의의 뜻으로 읍내에 가서 사 오신 거랍니다.

새로운 전자제품을 들여오면 늘 그랬듯이 아버지는 제품사용설명서부터 꼼꼼히 읽으셨고, 정말로 며칠째 직접 밥을 해 드시던 중이었습니다.

그 와중에 때마침 의사 전달을 해 줄 막내가 나타난 것입니다. 그동안 답답하고 마음고생이 심하셨던 울 어머니의 첫 번째 전할 말씀은…

"그리 잘났으면 반찬도 직접 해 드시라고 전해라!"

였습니다.

어머니의 그 돌직구 때문에 더욱 삐지신 울 아버지는 거의 달포 가량이나 직접 밥을 해 드셨다는 후문입니다.

…

다시 태어나도 어머니와 결혼하겠다던 아버지와 달리, "아이구~ 징글징글하다."시던 어머니였습니다. 그런 어머니도 돌아가시기 한 달 전, 아버지와 합장(合葬) 해달라고 당부하셨더랬지요.

두 번의 장례식

한 때는 지겹도록 청첩장을 받았습니다. 축의금이 만만찮게 들어갔지만, 후일을 생각해서 꼬박꼬박 축의금을 냈지요.

요즘은 일주일이 멀다하고 부고장을 받습니다. 부모님들이 하나 둘씩 세상을 떠나시는 나이가 된 것입니다. 종종 청첩장도 받긴 하지만, 아들 결혼이나 사위 본다는 소식이지요.

장례식은 슬프고 비통하며 통곡소리로 가득한 줄 알았습니다. 어쩌면 다른 사람들의 장례식들은 그럴지도 모르겠습니다만, 내가 겪은 두 번의 장례식은 슬픔이나 비통함이랑은 거리가 멀었던 것 같네요.

아버지가 갑자기 세상을 떠나셨을 때, 우리는 처음으로 장례식을 치르는 경험을 했지요. 경험한 바로는, 이 세상에 갑작스럽지 않은 죽음은 하나도 없는 것 같습니다. 오랜 병고 끝에 돌아가셨다 해도 갑작스럽기는 매한가지지요.

어쨌든 병실에 누워계시던 아버지가 커다란 사진으로 바뀌었을 뿐, 돌아가셨다는 것을 느낄 겨를이 없었습니다. 울거나 슬퍼하는 것은 병실에서였고 장례식장은 마치 축제 같은 분위기였습니다. 수십 년 만에 처음 보는 사촌언니, 오빠들… "니가 이리 컸냐. 몰라보겠다. 어디 사냐?"며 서로 안부 묻기에 바빴고, 생전 처음 보는듯한 당숙 어른과의 인사는 어색했지만 대학 졸업 이후 십 년 만에 다시 보는 오빠 친구들과의 재회는 한층 즐겁기까지 했습니다.

고인이 어떻게 돌아가셨냐는 질문에 "폐에 이상이 생겨 갑자기…"라는 대답을 무한 반복해야 했으므로 큰오빠는 거의 자동응답기가 되었고 끊임없이 밀려드는 문상객 때문에 팔자에도 없는 삼천 배 절을 해야 했던 오빠들과 형부, 나중에는 단체 문상객이 아니고 혼자 오는 사람들에게는 도끼눈을 뜨기까지 했네요.

한밤중 문상객이 뜸해지면 "어릴 적엔 예뻤는데 오늘 보니 뚱보 아줌마가 다 되었더라.", "빈대같이 우리 집에서 개기던 녀석이 정말 성공했다." 등등 문상객들 뒷담화가 이어지고… 어느 누구도 아버지의 죽음을 슬퍼하거나 애달파하는 이가 없었던 것 같습니다. 가끔씩 낄낄대던 잡담을 나무라러 오신 어머니는 "걔는 요즘 뭐한다니?"라며 오히려 한마디 더 거들고 가셨더랬죠.

언니와 올케들은 종이컵과 접시, 안줏거리와 떡과 음식들을 채우고 나르느라 정신이 없었던지라 우리가 장례식을 치르고 있다는 것조차 까맣게 잊을 정도였네요. 생전 처음 치르는 장례라, 익혀야 할 법도와 절차, 그리고 챙겨야 할 일들이 많았습니다. 아버지가 소원하셨던 대로 화장이 끝나고 장지에 모시고 산소에서 내려오면서도 "날씨가 늦가을답지 않게 너무도 따뜻하다. 화사하다." 날씨타령 했더랬네요.

해질 녘 장지에서 돌아왔을 때, 아파트 앞에 세워져 있던 까만색 코란도 자동차! 정작 우리가 눈물을 터뜨린 것은, 주인을 잃은 그 자동차 때문이었습니다.

지난 해, 어머니의 장례식도 다르지 않았네요. 이모들과 외삼촌이 서럽게 울었을 뿐, 그 누구도 통곡하는 이가 없었습니다. 우리는 아버지 장례 후로 못 봤던 사촌들이며 친지, 친구들을 15년 만에 다시 만나고 그 간의 안부를 묻기에 바빴죠. 그들은 조금 더 늙어 있었습니다. 큰오빠와 작은오빠가 요령 있게 교대로 문상객을 맞고, 늙은 사위 두 명은 절하다 말고 허리 아프다며 땡땡이를 쳤지요. 이미 한 번의 장례경험이 있었던 터라 우리는 훨씬 덜 당황했던 것 같습니다.

하지만 어머니 장례는 아버지 때보다 조금 더 무거운 분위기였네요. 이제 우리들도 나이가 더 들어서일까요? 아니지! 잡담한다고 잔소리하시던 어머니가 안 계셔서 그랬는지도…. 모든 절차가 끝나고, 두 분을 합장해드린 뒤 어머니와 즐겨 가던 음식점에서 밥을 먹었습니다. 뿔뿔이 흩어져 사니 언제 또 이렇게 만나겠느냐며 사진까지 찍었네요. 그리고 모두들 어머니가 없는, 어머니의 아파트에서 잠을 청했습니다.

고단했던 밤. 문득 어머니 발에 신겨져 있었던 꽃신이 떠오릅니다. 한스런 삶을 살다 가신 것도 아닌데 그제서야 대책 없이 눈물이 흘렀습니다. 베란다 사이로 큰오빠의 담배연기가 새어 들어오고 잠든 줄 알았던 식구들의 홀쩍이는 소리가 여기저기 들렸었지요.

장례식이 꼭 엄숙하고 숙연하며 비통해 할 필요는 없을 것 같습니다. 하지만 지금의 장례식 풍경도 내가 바라는 풍속도는 아닌 듯합니다.

큰일 겪고 나니 멀리서 와준 친지나 친구들이 무척 고맙더군요. 나는 챙기지 못했는데 나에게 부의금 낸 친구들에게 못내 미안한 마음도 들었습니다. 북적대고 정신없던 장례식. 고인의 죽음을 잠시라도 잊으라고 그런 걸까 싶네요.

…

어머니 돌아가시고 몇 년이 되어가니 이제야 문득 어머니가 그리워집니다. 다시 태어나면 나도 너처럼 살겠다던 어머니. 우리 사는 모습이 재미나보였던가요? 돌이켜보면, 어머니도 그런 때가 있으셨겠지요.

생의 마지막에는 하루하루가 지겹다 하셨습니다. 맛난 것도 없고, 하고 싶은 것도 없고 도무지 뭘 해도 재미가 없다했지요. "여보게! 인생 별 거 없네. 그저 재미나게 살게." 틈만 나면 늙은 사위 손목 붙잡고 재미나게 살라고 당부하셨습니다.

몇 해 전 겨울이 시작될 무렵, 만우절도 아닌데 거짓말처럼 떠나가셨습니다.

내비게이션

　요즘은 스마트 폰도 있고, 각종 최첨단 카메라와 내비게이션이 있다지만 우리 아버지의 전천후 내비게이션과는 견줄 바가 못 될 겁니다.

　아버지가 차를 운전하시기 시작한 순간부터 오른쪽 보조석에 앉으신 우리 어머니는 언제나 오른쪽 백미러 담당이셨고, 틈틈이 룸미러까지 담당하셨답니다.

　목적지에 도달하면 직접 내려서 "오라이~ 오라이~ 스톱!"을 외치시는 건 기본이었고 주차가 잘되면 차 꽁무니를 탕탕 두 번 두들기는 센스까지 겸비하셨습니다.

　"앞에 빨간 신호등~!"
　"오른쪽에 사람~!"
　"경찰 차! 경찰 차! 속도 줄여요~!"

　자동 음성 제어기능이 있어서 위험도가 높아지면 소리까지 자동으로 높아지는… 뭐, 여기까지는 요즘 나오는 내비게이션 기능과 별반 다를 바가 없습니다만 그 어떤 첨단 네비도 따라할 수 없었던 전천후 기능이 있었습니다.

　어쩌다가 속도위반으로 걸리면, '전천후 인간 내비'가 재빨리 차에서 내리십니다.

　"여보게, 우리 집 양반이 나이가 든데다가 초보라서 그만 실수를 했네. 우리 아부지다아~ 생각하고 한번만 봐주게." 경찰관의 두 손을 부여잡고 인정에 호소하면 대부분은 무사통과였던 시절이었네요.

　다만, 두 분이 사이가 좋지 않을 때면 작동이 아예 안 되거나 끄고 싶어도 끌 수 없을 뿐 아니라 엄청난 오작동(?)을 일으키는 것이 탈이 긴 했지만.

"아~따! 여긴 코스모스가 한창이네. 여보! 여기 잠시 세웠다 갑시 다."
"저기 봐라~ 저리 운전하니 사고가 나지!"

우리 어머니는 잠시도 쉬지 않고 종알거리는 전천후 실시간 인간 내 비게이션이었습니다. 어쩌다 어머니 없이 운전을 하시면 아버지는 긴 장한 모습이 역력했지요. 아버지 장례를 마치고 산소에서 내려오던 날 도 주인 잃은 내비게이션은 여전히 작동 중이었습니다.

잔디에서 미끄러질 뻔했던 우리 어머니, "여보! 여기 미끄럼 주의…" 하시다가 머리를 긁적이셨던가요. 아버지가 돌아가시고 수 년이 지나 니 그 내비게이션은 더 이상 작동되지 않았습니다.

"늬 아버지 차를 타면 안 그런데 늬들 차를 타면 왜 이리 졸리냐." 하시며 조수석에서 연신 하품을 하셨으니까요.

먼저 가신 울 아버지는 몇 해 전, 드디어 전천후 내비를 다시 장착 하셨습니다.

아버지의 재테크

"한림정에 있었던 그 논을 그대로 가지고 있었으면 어떻게 되었을까?"

"아마 수백억 대의 떼부자가 되었겠지."

내 질문이 떨어지자마자 큰오빠의 대답이 거의 반사적으로 나오네요.

아버지는 퇴직 후 퇴직금으로 부전동에 집을 사셨다지요. 지금 부산의 번화가인 서면이 바로 그곳입니다. 그 집을 팔고 대신동으로 이사를 오면서 김해 한림정에 있는 어마무시하게 큰 논을 사셨습니다. 무려 7천 8백 평을요. 귀농의 꿈을 야심차게 실현하고자하셨지만 아버지는 농사에 대해서는 전혀 아는 바가 없으셨지요.

풍년이 들었을 때 그 논은 정말 화려한 황금물결이지만, 늘상 침수 피해를 당하는 논이었습니다. 물난리가 날 적마다 어머니의 푸념이 이어졌지요.

"서면에 있는 그 집을 팔지 않았더라면~!"

서면에 있는 집은 나는 한 번도 본 적이 없었지만, 아버지가 돌아가실 때까지 그 얘길 들어야했습니다.

논농사를 짓는 일은 쉬운 일이 아니었지요. 소작을 줄 사람마저 마땅치 않아 나중에는 고민거리가 되었답니다. 어찌어찌 논을 살 사람이 나타나 겨우 논을 팔 수 있었습니다.

먹고 살아야하니 이번에는 사상구에 연립을 지어서 세를 놓기로 합니다. 애구~ 월세를 놓는 것은 보통 성가신 일이 아니었다 하네요.

전기 고장 났다, 수도 고장 났다, 보일러 고장 났다~ 기타 등등으로 골치 아파서 이번에는 그것을 팔아서 양정에 있는 다세대 주택을 구입합니다.

아마 8가구가 살았다지요? 또다시 전기 고장 났다, 수도 고장 났다, 보일러 고장 났다~ 기타 등등의 반복이… 결국은 속 시원하게 팔아치우고 현금으로 은행에 넣고 시골에 아파트를 구입했습니다.

아파트가 두 군데 지어지고 있는데 아버지는 대단지 아파트는 약간 오르막이라 운전이 불편하다시며 한 동짜리 작은 아파트를 고집하셨습니다.

결과는?

팔아치운 양정 집은 부산 시청이 그쪽으로 이전하면서 어마어마하게 올랐다 하구요, 시골 대단지 아파트는 비슷한 금액에 분양되었는데 아버지가 고집하셨던 한 동짜리 아파트의 3배에 달하는 가격이더군요.

그나마 부모님 살아생전에는 은행이자가 꽤 짭짤해서, 은행 이자와 세를 받는 것으로 두 분 생활에 어려움이 없었지만요. 아버지 돌아가신 후로 은행 이자는 지금까지 곤두박질입니다.

아버지는 돌아가실 때, 시골 작은 아파트 한 채와 어머니 생활비 하실 만한 현금을 조금 남기고 가셨습니다. 형제들은 저마다 자동이체로 어머니께 용돈을 보내드리기로 했습니다.

나랑 언니가 각 20만 원씩, 오빠들이 각 30만 원씩, 어머니는 자녀들에게 매달 거의 100만 원에 달하는 용돈을 받으셨지요. 노인이 혼자 생활하시는 데는 부족함이 없었습니다.

어머니는 조카들이 입학을 하거나 집안의 경조사가 있을 때 통 크게 돈을 내셨으며, 형제들 몰래 나에게 돈을 빌려 주시기도 했지요. 물론 꼬박꼬박 이자와 원금을 합해서 보내드리긴 했지만요.

어머니가 돌아가셨을 때 남은 거라곤 시골 작은 아파트 한 채와 현금 조금이 전부였습니다. 그동안 병원 생활을 자주하신 탓에 은행에 있었던 돈을 거의 다 쓰셨으니까요.

"한림정에 그 땅이 유산이었으면 어찌되었을까?"
"아마 유산 때문에 형제들끼리 피터지게 싸웠을 거야. 물려받은 게 없어서 다행이라 생각해."
큰오빠는 분명 그리 되었을 거라며 유산 땜에 싸움나지 않은 것을 큰 다행으로 여겼습니다.
하지만 나는 그럴 리가 없다고 생각합니다. 똑같이 나누면 그만이니까요. 어머니의 유산이었던 작은 아파트는 형제들이 의기투합해서 나에게 주었습니다. 어머니의 유언이나 유서 때문이 아니더라도 아마 다들 그렇게 했을 겁니다. 금액이 크지 않았으니 그랬다구요? 그래도 수 천만 원의 유산을 막내에게 몰아주기는 어려운 일입니다.

어머니가 나에게 유산을 물려주려고 한 것은 내가 특히 예뻐서가 아니랍니다. 형제들 가운데 내가 자립도가 제일 낮기 때문이었습니다. 부모는, 부모에게 더 효도하고 더 잘한 자식에게 많은 것을 물려주지 않습니다.
자식 중 아픈 손가락.
제일 못 나고, 못 사는 자식에게 물려줍니다.
언니나 오빠들 모두가 그 사실을 잘 알고 있습니다. 그러니 모두들 당연한 듯이 나에게 아파트를 주었지요.
그 과정도 복잡하더군요. 일일이 동의서에 인감도장 찍어야 하고… 멀리 있는 아파트를 파는 일도 단순한 일이 아니었지만 작은오빠가 나서서 전부 해결해주고 내 통장으로 돈을 부쳐주었습니다.

우리 부모님은 평범하신 분입니다.

우리 형제들도 그렇습니다. 상식에 어긋나지 않고, 고만고만하고 일희일비하며 살아갑니다. 나는 언니, 오빠들에게 참 고맙습니다.

우리가 화실을 지을 때 가족뿐 아니라 많은 사람들이 응원해주었습니다.

나는 어머니가 남기신 작은 재산을, 우리 형제들이 나에게 양보한 재산을 의미 있는 씨앗으로 만들고 싶었습니다. 고마운 형제들 덕에 그 땅을 사고 화실을 지었습니다. 남편과 나는 후일 이 화실을 사회에 환원하기로 했습니다.

내 사고방식을 가장 잘 아는 가족들이니, 앞으로도 내가 어떻게 할 것인지 잘 알고 있으리라 생각합니다.

우리 아버지의 재테크는 하시는 족족 헛발질이었지만요, 진정한 재테크는 자식 교육이었던 것 같습니다. 아버지는 돈을 물려주는 것보다 더 값진 것을 우리에게 물려주셨습니다.

제품사용설명서

새로운 전자제품을 사면 늘 함께 따라오는 사용설명서. 여러분은 자세히 읽고 사용하시나요? 어쩌면 나처럼 유의점만 읽어보고 대충 주무르다 익히시는지도. 하긴, 어떤 전자제품은 두꺼운 사전만 한 사용설명서가 딸려 나오니, 읽어볼 엄두도 나지 않더군요.

어릴 적, 변두리 작은 마당이 딸린 집에 살다가 시내에 있는 3층집으로 이사를 왔습니다. 이사 온 첫날, 아버지는 식구들을 모두 밖에 있는 수세식 화장실로 집합시켰습니다.

"자~ 변을 보고난 다음, 이 손잡이를 밟는다. 알았지? 혹시 덩어리가 안 떠내려가려면, 옆에 있는 바케스(양동이의 일본식 표현 - 편집자 주)의 물을 부으면 된다. 알았지? 그럼, 막내가 와서 한번 밟아봐라!"

밸브를 밟으니 신기하게도 졸졸졸 물이 흘러나옵니다.

우리는 생전 처음으로 양변기라는 것을 보게 되었고, 아버지의 상세한 사용설명이 이어졌습니다. 물론 뒤처리한 신문지는 휴지통에 넣어야 하며 빨간색 바케스의 물은 항시 채워두어야 한다는 것도 강조하셨지요.

말이 좋아 양변기지 쪼그려 앉아 누는 것은 매한가지였고, 신문지를 쓰는 것도 이전과 다를 바가 없었습니다. 게다가 재래식 변기는 그럴 일이 없었으나 신식 양변기는 막혀서 넘치기까지 했습니다. 그뿐이겠습니까? 물줄기가 약해서 큰일을 보고 나면 늘 바케스로 물을 부어야 했고 부을 때 각도와 물세기를 잘못 조절하면 똥물이 얼굴에 튀기까지 했네요.

매사에 꼼꼼하고 철두철미한 아버지는 집안 형편과 상관없이 이런 저런 새로운 전자제품을 사는 걸 좋아하셨고 종종 부부싸움의 원인이 되곤 했지요. 아버지는 새로운 전자제품을 사면 사용설명서의 제1장 1절부터 꼼꼼히 읽으셨으며 더러는 밑줄을 치기도 하셨습니다.

어느 날 학교를 다녀오니 1층 부엌에 커다랗고 네모난 물건이 하나 놓여 있었습니다. 저녁 식탁에 그릇 놓는 소리가 예사롭지 못한 걸 보니 아무래도 어머니의 심기가 불편한 듯싶었지요. 식사 후, 아버지는 식구들을 불러 모았습니다.

"느 어머니 허리가 좋지 못하며 겨울에 빨래하느라 고생이 심하니 큰 맘 먹고 세탁기를 하나 구입했다."

우와~ 말로만 듣던 금성 백조 세탁기였습니다. 아버지는 설명서를 들고 하나씩 읽으며 아이들에게 세탁기 가동 시연을 시키셨습니다.

"첫째가 나와서 물을 틀어보아라."

언니가 물을 틀었습니다.

"둘째가 하이타이를 넣어 보거라."

큰오빠가 하이타이를 넣다가 흘러서 꾸중을 들었지요.

"이제 덮개를 덮고 위에 있는 손잡이를 〈세탁〉이란 글자에 맞춰 돌려야 한다."

작은오빠는 부르지도 않는데 나와서 세탁기 위의 동그란 손잡이를 돌렸습니다.

아버지는 안경을 끼고 골똘히 설명서를 읽었으며, 나한테는 그저 탈수기가 멈출 때까지 절대 뚜껑을 열어서는 안 된다고 주의만 주셨습니다.

이어서 어머니의 속사포 같은 잔소리가 시작되었습니다. 누가 이런 쓸데없는 세탁기를 사랬냐고. 애들 수업료도 못 낼 판인데 정신 나간

짓 했다고.

툴툴툴툴 탈수기 돌아가는 소리랑 어머니의 맹렬한 잔소리가 섞여 정신이 하나도 없었지요.

어머니는 겨울 내내 찬물로 세탁을 하셨기에 화려한 제품설명 이후 수개월이 지나도록 우리 집 세탁기는 한 번도 가동된 기억이 없네요.

이듬해 새 학년, 학교에서 가정환경 조사가 시작되었습니다(지금 생각하면 참으로 어이없고 잔인한 일입니다).

"집에 텔레비전 있는 사람 손 들어~!"

부유층 자제가 많았던 울 학교였기에 반절 이상이 손을 들었습니다.

"집에 냉장고 있는 사람 손 들어~!"

새로운 전자제품 사는 걸 좋아하셨던 아버지 덕분에 나도 손을 들었고 삼분의 일이 손을 들었네요.

"집에 세탁기 있는 사람~!"

나 혼자 번쩍 손을 들었는데 선생님이 안쳐다보고 계시기에, "우리 집에 백조 세탁기 있어요!" 하고 외쳤습니다. 한번도 가동된 적 없는 세탁기가 빛을 발하는 순간이었습니다. 그 후로도 내내 우리 집 세탁기는 늘 새것처럼 모셔져 있었고, 거의 1년이 지난 뒤, 붓고 있던 월부금이 끝날 즈음에 어머니는 처음으로 세탁기로 이불빨래를 하셨지요.

우리가 꽤 자란 후에도 아버지의 신제품에 대한 궁금증은 여전하였고, 돈이 있으나 없으나 득달같이 사셨으며 부부싸움으로 이어지곤 했지요. 달라진 점이 있다면, 우리들에게 제품사용설명서를 읽게 하고 "절대 주의할 점은?" 하고 질문을 던지곤 하셨습니다.

타이머가 붙어있던 전기밥솥이 그랬고, 카세트 라디오가 그랬으며, 한참 후에 나온 전자레인지가 그랬네요.

울 아버지가 마지막으로 궁금했던 제품은 자동차였죠. 중고라서 그랬는지 제품사용설명서가 없었다지요? 하는 수 없이 하나하나 분해해서 알아가려다 결국 고철 값 받고 폐차한 후 새로 마련해 드린 자동차에는 사용설명서가 있었습니다.

물론 제1장 1절, 제품의 개요부터 읽으셨겠죠. 다시는 자동차를 분해하지 않겠다고 약조한 바 있었기에 이전처럼 본네트를 열지는 않으셨지만, 제품설명서만큼은 1장부터 끝 절까지 세세히 읽으셨지요. 가끔 내 차를 타시면 조수석 앞쪽 박스를 열어 자동차 제품설명서를 읽으셨기에 은근히 긴장되곤 하였습니다.

참! 동네방네 자랑했었던 새로 산 나의 자동차. 우연히 핸들에 열선이 있다는 걸 첨 알았습니다. 날씨도 부쩍 추워지고 다른 지방에는 눈도 많이 내린다는데… 아직도 나는 4륜 구동 작동법을 모릅니다.

…

우리가 오랫동안 살았던 대신동 3층집. 울 큰외삼촌이 반절 이상 거금을 원조해 주셔서 겨우 마련한 집입니다. 우리 집엔 갖은 전자제품이 있었지만, 정작 중학교 입학식 때 교복 살 돈이 없었으므로 누군가의 교복을 얻어 입고 갔지요. 지금 생각해보면 참 철없는 아버지었습니다.

꽃구경

어머니
아버지 손잡고 꽃구경 오세요.
저마다 화려한 꽃 피고 지는데

어머니
오늘은 하얀 라일락이 피었습니다.
목단 꽃 바람에 다 떨어지기 전에
어머니 꽃구경 오세요.

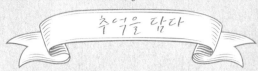

목욕탕

요즘 목욕탕은 시설이 참 좋습니다. 어디든 사우나가 딸려있고 휴식시설도 있으며 남탕에는 이발소가 딸려있는 곳도 있다고 합니다.

어릴 적, 목욕탕은 참 다른 풍경이었지요. 갈 적마다 바글바글 왁자지껄… 이곳저곳에서 애들 우는 소리가 뒤섞여 아비규환의 풍경이었네요. 시뻘건 때수건으로 박박 문지르면 따갑기가 이루 말할 수 없는데 "으앙~." 하고 울면 찰싹 때립니다. 물묻은 맨몸을 때리면 얼마나 아픈지… 물볼기를 때리는 이유를 알고도 남음이 있습니다. 어머니는 내가 울면 시꺼멓게 밀려나온 때를 가리키며 "봐라~ 봐! 이게 누구 때고?" 하셨지요.

설, 추석, 대목을 앞두고 목욕탕에서 볼 수 있는 진풍경이었습니다.

목욕탕 매표소 아주머니는 콜롬보 저리가라 할 탐문 능력을 가졌습니다. 울 어머니는 날 보고 아직 학교에 안 들어갔다고 하는데, "애고~ 귀엽네. 몇 반이고?"라고 물으면 나는 씩씩하게 1학년 3반이라고 대답했지요. 덕분에 목욕탕에 들어서면 등짝부터 한 대 맞고 시작했습니다.

엄마들은 대야 가득 빨랫감을 쌓아놓고 퍽퍽 치대면 온통 하얀 거품이 흐르고, 목욕탕에 온 건지 빨래터에 온 건지 구분이 안 되는데다, 몇 안 되는 수도꼭지 앞에서는 자리다툼을 벌이느라 고성이 오갑니다.

게다가 탕 속의 물은 너무 뜨거워서 들어갈 수조차 없을 지경이었지요. 커다란 수도꼭지에서는 펄펄 끓는 물이 나오고…. 엄마들도 들어가기 어려울 정도로 뜨거운 물이 계속 나오면, 목청 좋은 아주머니가 박수를 두 번 치며, "여탕에 찬물~!" 하고 외쳤습니다. 남탕과 여탕은 천정이 뚫려 있었고 탕으로 물을 보내는 거대한 수도꼭지도 남탕과 연결되어 있었지요.

가끔씩 옷을 입은 아주머니가 잠자리채를 가지고 와 탕 위에 둥둥 떠 있는 때를 걷어내곤 했습니다.

지금도 그리 즐기는 것은 아니지만, 어릴 적엔 목욕탕 가는 것이 지옥에 가는 것만큼 끔찍했습니다.

내가 다섯 살 무렵, 어머니는 추석 음식준비로 너무 바빠서 나를 데리고 목욕을 갈 시간이 없었습니다. 나는 오빠들이랑 아버지를 따라 처음으로 남탕을 가게 되었지요.

아~ 내가 가본 남탕의 풍경은 확연히 달랐습니다. 우선 빨래하는 사람이 없었고 목욕탕을 가득 채우는 애들의 비명도 없었지요. 무엇보다도 즐거운 일은, 울 동네 머슴애들을 떼거리로 만난거지요.

우리는 꺄르륵 꺄르륵 웃으며 뛰어놀았습니다. 아이들은 만나면 신나는 놀이를 곧잘 발명합니다. 벌거벗었으니 잡힐 듯, 잡힐 듯 잡기놀이를 하기가 불편합니다. 잡을 만 한 거라곤 딱 하나가 있네요. 우리는 '고추잡기놀이'를 하기 시작했습니다. 물론 고추가 없었던 내가 술래가 되었지요. 신나게 놀이하던 남탕에서의 추억…. 여탕에서와는 달라도 너무 다른 기억입니다. 뚫려있는 천정의 건너편으로 여전히 여탕의 아우성이 웅웅거리며 들려왔습니다.

아버지가 비누질 하라고 부르십니다. 잡기놀이의 여흥이 남은 나는 아버지한테로 달려갔습니다. 악! 아버지의 소스라친 비명이 이어졌지요.

그 후로는 한 번도 남탕에 가 보지 못했으니, 내게 남은 유일한 남탕의 추억이 되었군요. 남탕에는 탕 속의 물도 여탕보다 덜 뜨거웠고 친구들도 훨씬 더 많았으며 옴짝달싹 못하도록 사람이 많지도 않았는데… 항상 나를 예뻐하시던 아버지였지만 그 후로 다시는 나를 데리고 목욕탕에 가시지 않았습니다.

요즘 목욕탕에서는 "등 좀 밀어주실래요?" 하는 사람도 없고, 빨래를 하는 사람도 없으며, 수건이랑 비누랑 대야를 바리바리 챙겨갈 필요도 없습니다.

우리 동네 여탕에는 김밥이랑 커피도 팔지요. 언제부터인가 목욕탕에서 옷가지들을 판매하기 시작했습니다. 남탕에는 무지하게 큰 냉탕이 있다고 합니다. 그리고 비누, 샴푸, 수건 등등 그 모든 것들이 다 갖춰져 있다는군요.

아마 다시는 남탕에 가보지 못하겠지요? 하긴, 그곳에서 아는 친구를 만나도 예전처럼 그리 반갑지는 않을 듯합니다.

...

나는 탕 속에 꼬맹이가 들어오면 재빨리 나옵니다. 그 이유는 내가 어릴 적 목욕탕에서 화장실에 가 본 적이 한 번도 없기 때문이지요.

가족사진

오죽헌이 본가였던 내 친구 K는 집에 가보가 많아 종종 도둑이 든 다 하였습니다. 신사임당의 본가였고 이이 선생의 외갓집이었던 오죽 헌은 그 친구가 초등학교 4학년 때까지 한 번도 주인이 바뀌지 않았 다고 합니다. 그 친구의 은근한 자랑질에 우리 집 가보는 '가족사진'이 라 대꾸했지요. 아무도 훔치러 오지는 않았지만.

해마다 3월 29일, 부모님의 결혼기념일이 되면 우리는 때때옷으로 갈아입고 동네 사진관에서 사진을 찍었답니다.

통통한 젊은 여인네 곁에 다정하지만 약간은 어색하게 기대 선 젊 은이 사진. 그 아래에는 하얀색으로 "1954년 3월 29일"이라 적혀 있습 니다. 젊은 두 부부로 시작된 흑백사진은 해를 거듭하며 세 명, 네 명, 다섯 명… 십 여 년에 걸쳐 모두 여섯 명이 되었습니다.

가만히 들여다보면, 해가 바뀌면서 언니의 옷을 내가 입고 있고 큰 오빠의 옷은 어느새 작은오빠가 입고 등장합니다. 큰오빠가 언니의 키를 추월했던 때가 몇 년도던가요? 하긴, 사진 속의 키 차이를 믿을 건 못됩니다. 분명 작은오빠의 키가 더 큰데 사진 속에는 큰오빠가 까 치발을 했을 테니까요. 큰오빠가 군대 갔을 때는 사진 위쪽에 동그랗 게 오빠의 증명사진이 합성되어 있기도 했습니다.

1969년에는 식구가 일곱 명이네요. 우리 집에 놀러왔다가 함께 사 진 찍겠다고 울고불고 급기야 사진관 바닥에 데굴데굴 굴렀던 울 이 종사촌이 떡하니 앞자리에 함께입니다.

사진관에서 찍은 마지막 우리 가족사진은 모두 여덟 명이었습니다.

언니와 형부와 강보에 싸인 큰조카가 함께였거든요. 1954년부터 해마다 찍었던 가족사진은 1981년에 멈추었네요. 모두들 독립하고 카메라가 일반화되면서 우리 동네 사진관도 문을 닫았기 때문입니다. 그 후에도 함께 찍은 가족들 사진이 있습니다만, 사진관에서 찍은 사진만큼 귀하지 못하네요.

형제들이 저마다 결혼을 하면서 "매년 결혼기념일에 우리도 가족사진을 찍어야지." 했더랬지요. 하지만 한 해도 거르지 않고 그 약속을 지킨 이는 우리 아버지 한 사람뿐이었네요.

가족 앨범을 펼치면 가족사진 말고도 손바닥만 한 이런저런 사진들… 그 중에서도 큰오빠 초등학교 졸업식 때 찍은 사진에 눈길이 갑니다. 어머니와 꽃다발을 든 큰오빠가 나란히 찍은, 어디에서나 볼 수 있는 졸업사진이지요. 어머니의 눈길은 저 멀리 하늘 끝을 겨누고 있습니다. 아마 당시에 사진 찍을 때 유행하는 포즈인지도 모르겠네요. 그 사진을 보면 이상하게 마음이 아려옵니다. 생각해보면, 지금 내 나이보다 어렸을 어머니. 그런 허망한 표정이 어디서 나왔을까…

고질적인 폐병을 달고 다니셨던 우리 아버지는 툭하면 재발하여 파자마를 입고 계셨죠. 담으로 된 세로줄 무늬의 옅은 쑥색 파자마. 영화를 보다가 2차 대전 나치 포로수용소 장면이 나오면, 줄무늬 파자마의 아버지가 떠오릅니다. 이제 겨우 큰아들이 초등학교를 졸업했는데 폐병으로 드러누운 남편이 있다면 자신도 모르게 저절로 지어질 표정이 아닐까싶네요.

한 장의 사진 뒷면엔 그늘진 시간이 함께 담겨있습니다.

1966년 송도에서 사진사를 불러 찍었다는 사진은 아래쪽이 나뭇잎으로 가려져 있군요. 결혼기념일을 놓친 그해 여름 송도 해수욕장에 놀러 갔다가 찍었다지요? 큰오빠랑 작은오빠의 나체사진이기도 하구요. 노랗게 바랜 손바닥 만 한 사진들… 한 장, 한 장 그 시절의 수많은 이야기를 담고 있습니다.

요즘은 집집마다 사진관에서 찍은 커다란 가족사진이 유행입니다. 현관을 들어서면 보이는 그 집의 가족사진이 참 보기에 좋습니다. 하지만 한 해도 빼놓지 않고 찍었던 우리 집 가족사진들과 견주지는 못할 듯합니다. 나는 이번 겨울에 우리 집 가보들을 디지털 카메라에 모두 옮겨놓을 요량입니다.

…

오래된 시골집에 가면, 가끔씩 방 위쪽에 액자를 걸어둔 집이 있습니다. 할머니 할아버지 사진, 학사모를 쓴 젊은이의 사진, 그리고 가족사진들이지요. 노랗게 바랜, 그런 사진들을 보는 것이 무척 즐겁더군요.

구슬치기

어릴 적, 겨울방학이면 시린 손 호호 불며 구슬치기를 했었던 기억. 내 주변엔 여자아이들이 하나도 없어서 그랬는지 인형놀이 소꿉놀이는 기억에 없고 구슬치기, 딱지치기, 자치기, 줄마 타기… 머슴애들이 주로 하던 놀이를 했습니다.

구슬치기는 쥐기와 구멍 넣기, 멀리가기, 삼각형 등등 구슬 하나로 할 수 있는 놀이가 정말 많았습니다.

- 쥐기는 짤짤이와 같은 원리로, 부산에서는 이찌, 니, 상(일본어로 하나, 둘, 셋)이라 부르며 주먹에 쥔 구슬의 숫자를 맞히는 게임입니다. 일종의 사행성 도박게임이지요.
- 구멍 넣기는 일정한 거리에 구멍을 여러 군데 파 두고 그 구멍에 구슬을 넣는 게임으로, 일종의 골프의 원리라고 할 수 있습니다.
- 멀리가기는 비스듬한 벽에 구슬을 굴려서 멀리 가는 구슬주인이 덜 멀리 간 구슬을 던져서 맞히면 따 먹는 게임입니다(어릴 적엔 에루가~라고 불렀으며, 구슬을 굴리며 에루가~라고 했는데 그게 뭔 뜻인지는…).
- 삼각형은 삼각형에 구슬을 넣고 일정한 거리에서 구슬로 쳐서 삼각형 금 너머로 나오는 구슬을 따먹는 게임입니다. 프랑스에서 노인들이 커다란 공을 가지고 페땅끄라는 게임을 하는데 그것이 삼각형 구슬치기와 같은 게임입니다.

내가 어릴 적엔 구슬이 참 귀했습니다. 문방구에서 팔기도 했지만,

돈을 주고 산 기억은 없고 오빠들이 어디선가 따 와서 보물처럼 간직해 둔 것을 몰래 훔쳐서 놀았습니다. 당시에 친구들이 대부분 나보다 나이가 위여서 그랬는지 나는 늘 잃기만 했지요.

그렇게 오빠들이 소중하게 모아둔 구슬들을 야금야금 훔쳐서 놀다가… 어느 날 몇 개만 남기고 모조리 잃고 말았습니다. 그놈의 쥐기가 문제였지요. 몇 개씩 가져다 쓰다 금새 다 잃었네요(내 나이 여섯 살 때 사행성 게임의 위험성을 깨달은 사건입니다).

뒤에 이 사실을 알고 노발대발 하던 울 오빠들… 몇 개 남지 않은 구슬로 다시 따러 나갔지만 색 구슬 딱 한 개를 남기고 모조리 잃었습니다. 색 구슬은 귀해서 일반 구슬 열 개랑 맞바꿀 수 있었지요. 당시 국민학교 6학년이었던 울 언니가 딱 한 개 남아있던 색 구슬을 가지고 원정을 나갔습니다. 언니는 삼각형 게임으로 온 동네 구슬을 쓸어왔습니다(당시에 여자애들은 구슬치기를 하지 않았는데 그 금기를 깼지요).

언니는 소위 위에서 아래를 향해 내려찍는 기법으로 한 번에 여러 개를 따먹는 새로운 기법을 유행시켰습니다. 울 언니는 그 이래로 동네에서 삼각형 구슬게임의 전설적 고수로 남게 되었습니다.

거울방학.
요새 아이들은 학원 가느라 바쁘고 게임하느라 시간을 보내지요. 우리가 어릴 적엔 삼삼오오 모여서 구슬치기, 딱지치기하며 놀았더랬네요.

...

소중한 구슬과 딱지.
어느 날 영도다리 밑에서 호떡을 굽고 있다는 친엄마를 찾아 집을 나가면서도 양 주머니에 보물처럼 딱지를 넣어갔던 기억이 새롭습니다.

신수

해마다 설날이 지나면, 어머니는 막내에게 책력을 사오라고 했습니다. 마치 부적처럼 빨간색 알록달록한 표지의 책력을 사오면 다 함께 모여 한해 토정비결을 보았지요. 특히 대입 시험을 앞두거나 집안에 큰일이 있는 해에는 긴장된 마음으로 토정비결을 본 기억이 있습니다. "물을 조심하라."는 문구가 나오면 그 해 해수욕장에 가기는 다 틀린 듯하지만, 여름이 될 무렵이면 정초에 함께 보았던 토정비결을 기억하는 이는 아무도 없었습니다.

하지만, 큰오빠가 대입 시험에 실패했을 때 "거봐라! 올해 토종비결이 딱 맞았네." 하셨지요. 내가 대입시험을 치렀을 때, 토정비결 운수는 "작은 물고기가 큰 바다로 나가니 어찌 낚음 이기랴."였지만 떡 하니 붙었습니다. 그 운수를 읽었을 때 가장 심란했던 사람은 기억하고 있었지만, 가족들은 아무도 신경 쓰지 않았지요. 한마디로 맞아도 그만, 아니어도 그만인 토정비결 점괘였습니다.

어느 날 이른 아침에 작은이모네에 가신다며 외출을 하신 어머니가 온종일 집에 오시지 않았습니다. 저녁 무렵까지 연락이 닿지 않아 한바탕 걱정이 늘어졌을 때 지친 듯 했지만 회심의 미소를 지으며 돌아오셨지요.

전포동의 '외팔이 도사'를 만나러 간 어머니는 한나절을 기다려 가족의 신수를 보고 온 길이었습니다. 생전 잔소리를 하지 않던 아버지였지만, 점집에 다녀온 걸 알고는 불같이 화를 내셨습니다. 가족들도 모두들 "에이~ 점집에 줄 돈이 있으면 나한테 주지!" 하며 타박을 했더랬지요.

"애그~ 얼마나 용한지, 느 아버지 성질을 본 듯이 말하더라." 옆방에 계신 아버지가 다 들리도록 큰 소리로 아버지 점사로 운을 띄운 뒤, 전생에 지은 죄가 많아 아버지랑 결혼했다는 둥 하는 신세한탄인지 점사인지 아리송한 점괘풀이가 이어졌습니다.

온종일 기다려 10분인가 만나고 왔다했는데 우리에게 늘어놓은 점괘풀이는 한 시간이 넘었으니 점사에 피가 붙고 살이 붙고 해석까지 붙은 게 분명했지만 우리는 자기 점사가 나올 때까지 숨죽이고 들었습니다. 큰오빠는 불뚝성질이 있어서 큰일을 하거나 앞길에 장애가 될 수 있다고 했고 우리는 모두들 용한 점괘에 고개를 끄덕였지요.

아버지에 대한 점사와 입시를 앞두고 있던 큰오빠의 점사는 길고도 장황했으나 갈수록 점사가 짤막해집니다. 이윽고 내 점괘를 들을 시간이 되었을 때, 언니, 오빠들은 "에이~ 그런 점은 나도 보겠다." 하고 자리를 비운 후였지요.

"어머니 그런데 나는 뭐라 하던가요?"

"응? 애그~용하더라. 어찌그리 니 성격을 그리도 딱 맞히던지… 게으르기가 한이 없고 고집이 세어서… 그런 것만 고치면 성공한다 카더라."

부모님 점사에는 전생도 나오고, 현생도 나오고 미래도 나오는데 내 점사는 뻔 할 뻔 자여서 대폭 실망을 했더랬지요. 그나마 언니랑 큰오빠 점괘는 "청파가 들어서 절대로 사업은 하지 마라."던가, "너는 선생을 해야 한다."라는 미래직업을 암시하는 점괘가 있었지만 작은오빠랑 나는 성격 나열에다가 부모님 말씀 잘 듣기가 전부였으므로 외팔이도사의 점괘가 아닌, '양팔이 장 여사'의 점괘냄새가 풀풀 풍겼습니다.

언니가 시집갈 때는 궁합을 보러 유명한 '젖 쟁이'한테 다녀오셨고,

큰오빠랑 작은오빠가 결혼할 때도 어디엔가 다녀오신 듯 보였지만 내가 결혼을 결정했을 때는 그런 거 다 소용없다 하셨지요. 남편 될 사람의 생년월일도 물어보지 않으셨으니까요.

어머니가 80대를 넘기고 난 뒤 '양팔이 장 여사'가 우리 부부에게 준 점괘는 이렇습니다.

"점괘? 그거 묻는 곳마다 다 다르더라. 열심히 후회 없이 잘살면 그만이지 뭐. 그저 재미있게 살아라!"

완전범죄

사전을 찾아보니, 범인이 범행의 증거가 될 만한 물건이나 사실을 전혀 남기지 않아 자기의 범행 사실을 완전하게 숨김으로써 성립하는 범죄라는군요. 오늘의 고백으로 인해 나의 완전범죄는 만천하에 알려지고 더 이상 완전범죄의 요건에 맞지 않게 되었습니다.

어릴 적, 우리 집엔 경대 위나 전축 위에는 10원짜리 동전이 올려져 있었습니다. 요즘 가치로 아마 한 500원 정도일 텐데, 마치 아이들의 도덕성을 시험이라도 하듯 여기저기 동전들이 있었습니다.

내 나이 일곱 살, 돈에 대한 가치를 충분히 잘 알던 무렵이었네요. 십 원이면 동그란 딱지가 두 판, "찍어묵기"(표준어로 "달고나" 라고 하지요. 지방에 따라 똥과자, 쪽자, 달달이 등등으로 불리던) 한 판, 불에 구워 먹던 총천연색 쫄쫄이, 왕사탕이 서너 개, 뽑기 한 판, 새총과 고무물총… 할 수 있는 것들과 먹을 수 있는 것들이 하고 많았습니다.

오빠들도 나도 그 어느 누구도 집에 있던 동전을 건드리는 법이 없었고 어머니는 내심 아이들의 도덕성을 자랑스러워하시는 눈치였습니다.

마루에 걸터앉아 "어머니~ 십 원 만요~."를 졸라대며 온 종일 징징대어봤자 돌아오는 대꾸는 "숙제는 다 했냐."는 것이었고 거기서 진도가 더 나가면 불호령이 튀는지라 다른 애들 '찍어묵기' 하는 거 훈수 떨러 나가곤 했네요.

"야~ 지금 소다 넣어라. 다 탄다. 빨리빨리 저어라." 침 흘리며 딴 애들 '찍어묵기' 하는 거 구경하다가 다 완성되면 대나무 젓가락으로 조금씩 찍어 묵는 고동색 설탕과자를 한없이 부러운 눈으로 구경했네요. 그날은 멀지 않은 동네에 살았던 이종사촌과 함께였지요. 우리는 집에 가서 놀자며 이모 집으로 향했습니다. 언젠가 길에서 10원짜리 동전을 주워 횡재를 했던 우리 사촌은 그날 이후로 땅만 보며 걸었습니다.

우리가 살던 연지동과 이모 집이었던 초읍동은 붙어 있지만 당시 내 기억으로는 꽤 걸어가야 했던… 이모 집은 부산에 있는 유일한 친척집이었지요. 작은 이모네에는 나보다 한 살 어린 사촌동생이 맏이였지요. 그 아래로 여동생이 둘 있는데 막내는 겨우 걸음마를 했기에 아기 봐준다며 놀러 가면 이모가 동생 먹던 과자를 건네줄 때도 있었습니다.

그날도 아기를 봐준다며 드르륵 문을 열었는데, 화장대 위의 십 원짜리 동전 세 개!

그 중 하나를 얼른 주머니에 넣었답니다. "찍어묵기, 새총, 쫄쫄이, 구슬, 딱지, 왕사탕…" 온 종일 구름 위를 둥둥 뜬 기분이었죠. 그날 저녁 사촌들이 나타나기 전까지는.

집에 돌아와 한참 저녁을 먹고 있는데 대문을 두드리며 통곡하는 소리가 들려왔습니다. 여섯 살, 다섯 살 이종사촌들이 빤스 바람으로 대문을 두드렸던 것입니다. 등짝과 종아리에 파리채자국이 역력한 채로. 어머니는 눈물 콧물 흘리는 사촌 동생들에게 물을 먹이며, "다음부터 그러지 마라~."고 타이르고 계셨습니다.

헉! 그제서야 기억난, 까맣게 잊고 있었던 주머니 속의 10원! 얼마나 쿵쾅거리는지 내 심장 뛰는 소리를 모든 사람이 들을까 두려울 정도였습니다. 슬그머니 나가서 골목 앞 도랑에 던져 버리고 돌아왔습니다(이로써 나의 완전범죄가 성립되었지요).

늦은 밤, 이모부가 아이들을 데리러 왔을 때 두 아이들은 여전히 걸

백을 주장하며 닭똥 같은 눈물을 흘렸더랬죠. 어머니는 "애들이 그럴 수도 있지, 날도 추운데 옷을 벗겨 쫓아 내냐."며 이모부를 나무랐습니다.

그 후, 찍어묵기, 새총, 쫄쫄이, 구슬, 딱지, 왕사탕이 생각날 때마다 나는 도랑가에 쪼그리고 앉아 행여나 10원짜리가 나올까 눈이 빠지게 들여다보곤 했지요. 마을 아저씨들이 도랑 청소를 하던 날, 대나무 작대기로 냄새나는 시꺼먼 흙더미를 모조리 뒤져봤지만 끝내 그 10원은 찾을 수 없었습니다.

우리 작은이모는 그 후 "걸음마쟁이 막내가 혹시 동전을 집어삼켰나…?" 하고 유심히 아기 똥을 살펴봤다지요?

이젠 의사선생님이 된 한 살 아래 그 이종 사촌. 어느 날 술 마시다 나 대신 누명을 쓴 이야기를 했더니 전혀 기억을 하지 못합니다. 하긴, 그때가 언젠데…. 발 저린 놈만 여태 기억 한 게지요.

엿장수

5일장을 가면 으레 북을 두들기며 각설이 흉내를 내는 엿장수가 있습니다. 그 모습도 이젠 정형화되어 하얀 면으로 된 한복을 색색으로 기워 입고 얼굴은 온통 화장을 한… 어딜 가도 똑같은 모습의 특색 없는 각설이입니다.

내가 어릴 적 엿장수 아저씨는 그리 요란하지는 않았습니다. 커다란 구루마에 엿판이 있고 쩔거럭 쩔거럭 가위질을 했지요. 돈을 주고 엿을 사 먹는 경우는 거의 없었고, 집에 있는 고물을 갖다 주고 바꿔 먹었습니다. 엿장수의 가위질 소리가 들리면 이집 저집에서 못 쓰는 물건들을 가지고 나왔지요. 물건에 따라 엿의 크기는 달라졌습니다. 애써 가져간 깨진 플라스틱 바가지는 필요없다 하더니만 내 친구가 가져간 고물덩어리는 기다란 엿을 툭 끊어주었지요. 앗! 점방 집 익환이는 떨어진 검정 고무신을 가져왔네요. 많지는 않지만 엿을 받아갔습니다.

"아저씨 고무신도 엿 바꿔줘요?"

아저씨는 대답 대신 가위질을 하며 두리번거렸습니다.

나는 집으로 달려가 현관을 뒤졌습니다. 엊날 신고 나가시던 어머니의 흰 고무신! 그런데 아무리 찾아도 보이질 않습니다. 어머니가 신고 나가셨기 때문이지요. 순간 내 눈에 들어온 것은 반짝반짝 닦여 있는 아버지의 구두입니다.

내가 신발을 들고 나갔을 때 아이들은 이미 맛난 엿을 거의 다 먹었을 무렵이었습니다. 엿장수 아저씨는 내가 가져간 신발을 요리조리 훑어보더니 인심 좋게 큰 엿을 툭 끊어주었습니다. 아저씨가 서둘러

구루마를 밀며 자리를 떠났고 나는 아이들의 부러운 시선을 받으며 엿을 먹고 있었습니다.

급한 마음에 신발을 갖다 주었지만 입 속에서 엿이 반쯤 녹았을 때부터 슬슬 걱정이 되기 시작했지요. 그래도 아버지가 신지 않으니까 현관이 있었던 게 분명합니다. 신지 않는 신발은 '안 쓰는 물건'이니 괜찮을 거야. 스스로 걱정을 달랬지요. 아껴가며 먹던 엿이 거의 엄지손가락만 해 졌을 때 어머니가 오셨네요. 엿의 출처를 단박 알아낸 어머니는 부리나케 학교 앞으로 달려가셨습니다.

마침 엿장수 구루마엔 한바탕 소동이 나 있었습니다. 반장 집 국환이 오빠가 갖다 준 '트랜지스타' 때문이었죠. 동네에서 사납기로 유명한 반장아줌마가 거의 멱살이라도 잡을 기세로 덤볐고 우리 어머니도 덕분에 엿 값을 치르고 아버지 구두를 찾아왔지요.

시내로 이사 온 후로는 엿장수 구루마를 볼 수 없었습니다. 대신 어쩌다가 "고물 삽니다~." 하고 외치는 아저씨가 있었지요. 고물을 주면 엿 대신 강냉이 뻥튀기를 한 그릇 바꿔주었던… 그마저도 이제는 사라진 풍경이네요.

새로 이사 온 동네에는 그리운 엿장수 아저씨도 아니고 또 뽑기 아저씨도 아니지만 미스테리한 동네 명물 아저씨가 한 분 계셨습니다. 잘 차려입고 서류가방을 든 아저씨인데 일명 '앞바꾸 뒷바꾸 아저씨'였습니다. 누가 지었는지 그 별명처럼 아저씨는 앞으로 세 발, 뒤로 두 발을 걸으며 다니셨지요. 100미터 전진 하는데 족히 한 시간은 걸려 걸어갔으므로 아이들에게는 무척 신기한 존재였습니다.

내 친구들 말에 의하면 앞바꾸 뒷바꾸 아저씨에게 시간을 물으면

기가 막히게 정확하게 말한다는 것입니다. 어느 날 큰 맘 먹고 물어봤지만, 혼자서 두리번두리번 중얼중얼 할 뿐 시간을 말하지는 않았지요. 제법 잘 차려입었으므로 아이들에게 놀림감은 되지 않았지만 우리 동네에서 그 아저씨를 모르는 사람은 없었습니다.

아저씨의 사연에 대한 이야기는 여러 가지인데, 전직 자동차 운전사였다는 말이 거의 정설처럼 되어 있었습니다. 사고를 당한 후, 항시 뒤를 살피고 뒷걸음을 치게 되었다는 이야기지요. 하지만 우리가 대신동을 떠난 후 우연히 들은 얘기로는 부잣집 아들인데 정신병을 앓고 있었다합니다. 진실이 무엇인지 알 수 없지만…. 지금 생각해보면 아마 심한 강박증 환자였던 것 같습니다.

또 뽑기 아저씨, 번데기 장수 아저씨, 엿장수 아저씨, 앞바꾸 뒷바꾸 아저씨… 동네를 시끌벅적하게 하던 풍경들이 사라진 지금, 종종 그 시절이 너무도 그립습니다.

...

어릴 적 연지동 집에서 저녁을 먹는데 누군가 문을 두드리며 "밥 좀 주이소, 예에~!" 하고 고함을 질렀지요. 너무도 익숙한 그 말투에 우리 아버지는 밥 먹다 말고, 신발도 신지 않고 달려 나갔답니다. 구걸을 하러 온 그 거지는 아버지 고향에서 유명했던 거지라네요. 흘러흘러 부산 연지동까지, 그것도 우리 집 문을 두드렸으니 얼마나 반가웠겠습니까. 올라오라는데도 굳이 방으로 들어오지 않아서 이런저런 음식만 챙겨주었다지요.

민물낚시

내가 어렸을 적, 초등학교 2학년 무렵엔가 아버지는 오빠들만 데리고 낚시를 갔습니다. 낚시하는 아버지 모습이 잘 연상되지 않지만 아버지가 청년 시절, 냇가에서 플라이 낚시를 하던 사진이 앨범 어디엔가 있었던 것도 같네요.

애들 감기 든다고 잔소리를 하던 어머니를 뒤로하고 도시락 세 개를 챙겨 이른 아침에 세 사람은 버스를 타고 떠났습니다.

던지기만 하면, 줄줄이로 낚인다던 김해 근처의 저수지였다지요?

세 남자는 어둑어둑 저녁시간이 지나고 어머니의 걱정이 늘어졌을 무렵에야 돌아왔습니다. 과연 작은오빠가 내려놓은 낚시 가방엔 크고 작은 물고기가 가득했지요.

어머니의 잔소리가 두려웠던지 세 남자는 앞 다투어 한마디씩 늘어놓았습니다. 물고기가 자꾸만 올라와서 때를 놓쳤노라고. 시간만 더 있었으면 더 큰 물고기를 잡을 수 있었노라고.

작은오빠는 저수지에 물고기가 "천지빼까리였다."고 했고, 아버지는 묵묵히 젖은 옷을 갈아입느라 바빴습니다.

따라가지 못했던 나는 아쉬운 마음에 크고 작은 물고기를 들어도 보고 찔러도 보고 있는데… 등 뒤에서 성난 어머니의 푸념이 들려왔지요.

"사 올 거면 갈치나 조기를 사올 일이지, 손질도 하지 못할 온갖 잡어를 사 와서는… 날 보러 이걸 다 어쩌라구요!"

큰오빠와 작은오빠는 "어떻게 알았지?"라는 표정으로 서로를 바라봤습니다.

온 종일 붕어새끼 한 마리도 구경 못하고 도시락만 까먹었던 세 사람은, 돌아오는 길에 시장에 들러 온갖 잡어들을 잔뜩 사서 낚시가방을 채웠던 겁니다.

그런데 민물낚시를 갔던 사람들이 바닷고기를 낚아오다니!

늘 용의주도하고 꼼꼼하셨던 울 아버지… 그날은 실수하셨습니다.

그날 이후, 민물낚시는 거의 가지 않았던 것 같습니다. 하지만 한때 우리 식구들은 모두들 낚시광이 되어 있었지요. 결혼 후 포항에 살았던 작은오빠와 언니네, 부산에 살고 있는 큰오빠네와 주말마다 방파제로 낚시를 갔었지요.

각자의 자동차 트렁크엔 언제 어디서나 낚시를 할 수 있는 도구들이 완비되어 있었고, 어쩌다가 방파제에 사람들이 있으면 차를 세우고 그들의 낚시 바구니를 확인하곤 했습니다. 게다가 모이기만 하면 아무도 모르는 포인트를 알아냈다느니 요즘 학꽁치가 올라온다느니… 뭐 그런 얘기들이 화제였던 시절이 있었네요.

그날도 볼락이 잘 낚인다는 포인트를 찾아서 해안선 따라 꼬불꼬불 어디론가 찾아갔지요. 허탕은 아니었지만 소문처럼 그리 잘 낚이지도 않았던 하루. 해질녘에 낚시도구를 모두 챙겨 집으로 돌아왔습니다.

낚시 가방, 릴대, 먹다 남은 초장도 챙겨왔는데… 아차! 그만 하나를 빠뜨리고 왔네요. 잠시 오줌 누러 갔었던 작은오빠!

결국 반바지 차림에 슬리퍼. 동전 한 푼 없었던 작은오빠는 허허벌판 이름 모를 동해안 방파제에서 아득한 밤이 되어서야 돌아왔다는….

…

신발장 안에 아직도 낚싯대가 들어있네요. 코앞이 바다인데 식구들이랑 마지막으로 낚시를 간 것이 아마 30년 전인가 싶네요. 이젠, 미련 없이 낚싯대를 버릴 때가 된 것 같습니다.

물 건너온 영양제

나는 어릴 때부터 몸이 약해서 이런저런 영양제에 보약을 달고 살았습니다. 한의원에서 꿀도, 인삼이나 녹용 같은 것도 내 체질에 맞지 않는다 하니 '에비오제' 같은 영양제를 먹이곤 했지요. 그나마도 먹이면 설사를 하더랍니다(왜 아니겠습니까? 작은오빠랑 들락거리며 온종일 꺼내 먹었는데…). 먹어본 영양제 가운데 젤 맛있었던 '에비오제'는 설사를 하는 통에 얼마 먹지 못했네요. 체격으로 보나 관상으로 보나, 산에서 멧돼지 만나면 이단 옆차기 할 포스인지라 사람들은 나의 편식을 의외라고 합니다.

세 살 때 이후 소고기든 돼지고기든 '고기'자가 끝에 붙은 건 전혀 먹지 못했고(전생에 중이었는지, 원!), 생선회도 못 먹었고, 생선도 굽거나 튀긴 것만 먹었지 물에 풍덩 빠진 애들은 손도 대지 못했습니다. 사실을 말하자면, 못 먹는 것이 아니라 안 먹는 것에 가까웠습니다.

그런데 나의 편식은 그 원인을 알 수 없을 뿐 아니라 규칙도 없었습니다. 가령, 닭고기는 못 먹는데 달걀은 먹었으며, 징그럽다는 번데기는 잘만 먹고, 생선회는 못 먹는데 멍게, 해삼은 또 잘 먹고… 그 기세면 개불도 잘 먹을 듯 한데 그건 또 못 먹습니다.

아무리 봐도 원칙도 없고 규칙도 없는 내 편식이 이해될 리 만무했던 울 아버지. "식습관은 어릴 때 고쳐야한다."는 신념에 따라 다락에 가두어도 보고, 굶겨도 보고… 하다가 결국 병원에서 '심인성 알레르기'라는 진단을 받고서야 포기하기에 이르렀습니다.

한 번은 작은오빠가 편식쟁이를 놀리느라 "방금 니가 먹은 된장국은 곰국으로 끓였다." 했더니, 곧바로 온 몸에 두드러기가 났지요. 먹지도 않은 고기에 두드러기가 생기는, 미스테리한 나의 신체였습니다.

내가 고등학교에 들어간 뒤 알레르기 증세는 극에 달했고 독한 피부과 약을 먹고 있던 중이었습니다.

어느 날, 외항선 선장이었던 울 사촌오빠가 집에 왔습니다. 어릴 적 우리가 젤 반기던 친척오빠였지요. 미제 연필, 산호초, 우표와 엽서들… 어느 날인가는 어른 크기만 한 꽁꽁 언 참치 한 마리를 선원들이 메고 온 적도 있었답니다.

"삼촌! 이거 정말 귀한 영양젭니다. 매일 8알씩 드세요." 하며 시커먼 병에 든 약을 한 통을 내밀었습니다. 생전 선물을 주면서 생색내는 법이 없었던 사촌오빠가 그날은 "이거, 한국에서는 구할 수도 없는 귀한 겁니다." 하며 하하 웃었지요.

"아이구~ 이 귀한 거를…." 아버지는 물 건너온 귀한 영양제를 받아 들고 요리조리 살피며 무척 기뻐하셨지요.

시커먼 병에 은색 딱지가 붙은 그 영양제는 당연히 몸 약한 막내차지가 되었고, 매일 저녁 식사 후에 행여 몰래 버릴 새라 아버지 보시는 앞에서 꼬박꼬박 먹었네요. 8알 씩.

'물 건너온 영양제'의 효능이 궁금하셨던 아버지는 사흘들이 "좀 어떤 것 같으냐?" 물으셨고, 나는 기운이 나는 것 같다느니, 피로감이 덜한 것 같다느니, 때로는 이제 두드러기가 현저히 덜한 것 같다고 대답하곤 했습니다.

한 달 후, 사촌오빠가 다시 왔습니다. 휴가가 끝나고 다시 출항 준비를 한다나요?

저녁을 먹은 후 약을 꺼내 먹고 있는 나를 보더니 "아이쿠! 니가 왜 이걸 먹고 있냐?"며 기겁을 했습니다.

그날, 사촌 오빠가 다녀간 후로 식탁 위에 있었던 그 약병이 감쪽같이 사라졌습니다.

태평양을 건너 온 그 영양제, 그 귀한 영양제는 물개 거시기로 만들었대나 뭐래나요.

아버지는 그 후 약병을 케비닛 속에 꼭꼭 숨겨 두셨는데 다 드셨는지, 효과는 좀 보셨는지 모르겠습니다.

가출

　일곱 살 무렵에 영도다리에서 호떡을 팔고 있다는 진짜 엄마를 찾는다며 가출을 감행한 후로 나는 두어 번 더 가출을 시도하였습니다. 첫 번째 가출은 과감하게 감행을 했으나 나머지 두 번은 감행도 하지 못하고 계획단계에서 끝이 났었죠.

　일곱 살 무렵 어느 날,
　"느그 진짜엄마는 영도다리 밑에서 찐빵 팔고 있다."
　작은오빠가 놀립니다.
　"거짓말~."
　"행님한테 물어봐라 진짜다!"
　"니는 우리 식구들하고 하나도 안 닮았잖아. 진짜다!"
　큰오빠도 한 수 거들었네요.
　"…거…짓…말…."
　조금 있다 작은오빠가 자신만만한 표정으로 가족사진 한 장을 증거물로 가져왔습니다.
　"니가 태어났을 때 가족사진에 없다! 봐라~!"
　"……."
　헉! 정말 내가 태어난 해에 가족사진 속에는 언니와 오빠들만 있는 게 아닌가요!
　가족사진 한 장 때문에 그렇게 가출을 감행했습니다. 기특하게도 "그동안 길러주서서 감사하다."는 취지의 편지도 남겼던 것 같습니다.
　영도다리가 어디에 붙어있는 다리인 줄도 모른 채, 그 다리 아래에서 찐빵인지 호떡인지를 팔고 있다는 우리 진짜 엄마를 찾으러 나선 길이었지요. 주머니 가득 딱지는 왜 채워서 나갔었는지….

연지동이었던 집에서 한참을 떨어진 부전동 어디멘가에서 헤매다가 낯모르는 아저씨 손을 잡고 다시 집에 돌아온 나를 보고 '가짜 어머니'는 놀란 가슴을 쓸어내려야 했습니다. 그 후로도 한동안 '진짜 엄마'를 찾아야겠다는 나의 신념은 변하지 않았습니다.

나의 두 번째 가출 동기는 작은오빠와의 실랑이에서 비롯되었습니다. 초등학교 4학년 무렵에 작은오빠는 중학생이었죠. 무엇이 문제였는지 확실치 않으나 서로가 "맞다!", "아니다!"로 설전을 벌이고 있는데 어머니가 작은오빠를 거들고 나서셨습니다. 내가 사사건건 작은오빠에게 대든다는 게 오빠 편을 드는 원인이었죠.

네 살 위의 작은오빠는 어릴 적부터 치사하기가 이를 데 없었습니다. 어머니가 과자를 나눠주면 어디엔가 찡 박아두고 우리가 다 먹고 난 후에 하나씩 꺼내 먹었으며, 꼭 내 앞에서 자랑하고 놀려가며 먹곤 했지요. 그뿐인가요? 하나에서 열까지 잔머리 굴리는 것이 삼국지에 나오는 조조가 땅을 칠 정도였으므로 별명도 '조조'였네요. 큰오빠에게 맞기라도 하는 날엔, "어머니~ 행님이 또 때려예~." 하며 집안이 떠나가라 억지 울음을 짜 내었으므로 '짬보'이기도 했지요.

내 얘기를 들어보지도 않고 '조조' 편을 드는 어머니가 부당하고 미웠습니다. 상황 설명을 하고 싶어도 울음이 먼저 터져 나와 말이 이어지지도 않고….

억울하고 분하고 모두가 미웠지요. 나는 옥상 물탱크 옆에 쪼그리고 앉아 한참을 울었습니다. 이윽고 울음이 사그라들었을 때, 나는 집을 나가야겠다고 생각했습니다. 무엇을 가지고 나가야 할지 떠올려 보았습니다. 어디로 가야할지도 생각해 보았습니다. 하지만 가장 즐거웠던 것은 내가 집을 나가서 크게 성공해서 나타나는 상상이었습니다. 어머니의 후회하는 모습과 작은오빠의 부러움에 가득 찬 모습이 떠올랐습니다. 크게 성공을 하면, 무엇을 사들고 와야 할지도 고민이었네요. 으리으리한 자가용을 타고 나타나는 장면이 클라이맥스입니다.

아래층에서 막내를 찾느라 어수선한 소리에 정신이 번뜩 들었습니다. 우리 집 물탱크는 수원지에서 내려오는 하천을 끼고 올라가는 계단이 미로처럼 되어 있어서 장독대에 갈 일이 없으면 올라올 일이 없었지요. 날은 점점 어두워지고 동생이랑 싸웠다고 작은오빠를 나무라는 소리도 들려오는데 나는 내려갈 타이밍을 찾을 수가 없었습니다. 가족들의 걱정이 커질수록 나는 점점 더 두려워졌지요. 그날, 말없이 저녁을 먹었던 것은 기억나는데 어떻게 내려가 가족들과 재회를 했는지는 기억이 가물거립니다.

두 번째 가출은 집 밖으로 발을 내디딘 적이 없으니 어쩌면 가출이라 할 수도 없었겠지만, 세 번째의 가출은 다소 심각했습니다.

나의 마지막 가출 동기는 대학시절 부당한 통금시간 때문이었네요. 우리 집에서 학교까지 무려 한 시간 반이 걸렸으니, 학교 마치고 친구들과 조금만 놀다오면 금세 10시가 넘어버렸죠. 시간이 늦으면 학교 앞 공중전화에서 지금 간다고 꼬박꼬박 전화를 하곤 했지만, 12시를 넘기고도 집에 들어와 주기만 하면 다행이었던 오빠들과는 사정이 달라도 너무 달랐습니다.

써클 친구들과 영화를 만든다며 어울리던 때였으니 하루가 멀다 하고 늦은 귀가가 계속되었지요. 결국 부모님의 불호령이 떨어지고 큰오빠까지 "여자애가 지금까지 뭐 하고 돌아다니냐."며 부채질을 합니다.

그날 밤, 나는 커다란 배낭을 꺼내고 내가 읽던 책들과 옷들, 양말 가지를 차곡차곡 챙겼더랬지요. 긴긴 방랑에 빠질 수 없는 '워크맨'이랑 카세트테이프도 넣었습니다. 이것저것 생각나는 대로 챙기다보니 배낭이 넘쳐 다시 꾸리고 빼고 더하고… 내 마음만은 결연했습니다.

이제 떠나야 할 때가 왔노라고. 더 이상 속박 받지 않으며 살겠노라고. 어딜 가든 내 한 몸 의지 할 곳 없겠냐며….

여름 방학이 시작될 무렵이었으니 수업 결석이 걱정되지는 않았지만, 딱히 갈 곳이 정해진 것도 아니었습니다. 동이 틀 무렵까지 내가 가진 돈과 갈 곳과 더 챙길 물건들을 따져가며 짧은 밤을 보냈네요. 그때 만일 영영 집을 나갔더라면 어떻게 되었을까요? 아마 내 인생이 많이 달라졌으리라 생각합니다.

아침에 배낭을 메고 집을 나서는 나를 보고 어머니가 깜짝 놀라 따라 나오셨습니다. 문을 나서고 10미터 가량 걸어가는 동안, 어머니는 내 배낭을 부여잡고 울음을 터뜨리셨지요. 돌이켜 생각해보면 '집'이나 '가족'이라는 테두리가 왜 그리도 갑갑하게 느껴졌던가… 싶네요.

세 번째 가출 시도 후 나의 통금 시간은 꽤나 느슨해졌고, 나는 그동안 한 번도 참여하지 못했던 MT도 가고 여행도 갔으며 지리산 종주도 여러 번 했습니다.

고등학교 때, 장기 결석을 하던 친구가 있었지요. 집을 나가서 거의 수개월이 지나 다시 잡혀왔을 때 우리는 그 친구의 무용담을 듣곤 했네요. 후문에 의하면 그 친구는 결국 졸업을 하지 못하고 영영 사라졌다합니다. 울 사촌 언니는 고등학교 때 집을 나갔다가 잡혀 와서는 머리가 박박 깎여서 우리 집으로 보내졌지요. 우리에게 트위스트 춤을 가르쳐 주었던 그 언니는 어머니한테 잔소리도 꽤나 들었답니다. 지금은 맘 좋은 남편 만나 함양 저수지 근처에서 식당을 한다지요? 어머니 장례식 때 제일 슬퍼했던 언니이기도 합니다.

차별

매 학년 초 선생님이 집에 오는 날, 바로 가정방문 날입니다. 살고 있는 구역에 따라 날이 잡히고 우리 집에 선생님이 오시는 날이면, 어머니는 아침부터 분주히 청소를 하고 귀한 양과자를 준비해 두셨습니다. 선생님은 이집 저집 다니면서 마신 커피로 잠을 이룰 수 없었던지 "제발, 커피는 내놓지 말아 달라."고 미리 아이들을 통해 당부를 해두었습니다.

설레며 기다렸던 보람도 없이 선생님은 5분정도 이야기를 나누고 다음 집으로 향하셨습니다. 물론, 자리에서 일어설 무렵 어머니는 하얀 봉투를 건네셨고, "뭘 이런 걸 다…." 하시면서도 모른 척 주머니에 넣고 가셨지요.

가정방문이 있고 난 뒤, '지도위원' 선거가 있었습니다. 언젠가부터 반장 제도가 폐지되고 남녀 각 5명씩 '지도위원'을 뽑았지요. 지도위원이 되면 분단장보다 훨씬 높은, 이른바 최고의 학급간부가 되는 셈입니다. 우리 선생님은 무슨 속셈인지 갖은 이유를 달아서 남자 아이 6명, 그리고 여자 아이 4명의 지도위원을 뽑겠다고 했습니다. 지금 생각해보니 가정방문을 다녀온 직후였지요. 조마조마한 투표 결과, 내가 여자아이 4명 가운데 네 번째로 속해 있었답니다.

그런데 뜬금없이 선생님은 나를 '미화부장'으로 임명했습니다. 우리 반을 아름답게 꾸밀 사람이 필요한데, 중요한 자리인 만큼 내가 미화부장이 되어야 한다고 했습니다. 그리고는 나보다 표가 적게 나온 다른 여자애를 지도위원에 포함시켰지요. 초등학교 5학년. 아무리 미사여구로 구슬려댔지만 나는 부당하다고 생각했습니다. 그날 저녁, 어머니는 이 동네 수준을 잘 몰라 봉투에 돈을 적게 넣었다며 한숨을 쉬셨고 아버지는 굳은 표정으로 말씀이 없으셨지요.

문제는 다음날 아버지가 학교를 다녀가고 난 뒤부터였습니다. 다 함께 떠들어도 선생님은 나만 지적하셨고 교묘한 방법으로 나를 남겨 화장실 청소를 하게 하였으며(미화부장이란 이유로), 교실이 더러우면 항상 내 책임이라 했습니다.

알고 보니 지도위원들은 모두가 선생님께 과외를 하는 친구들이었으며 늘 함께 몰려다녔지요. 엄마들끼리도 무척 친한 듯 했습니다. 나는 나랑 비슷하게 중산층이었던 단짝친구 짝이랑 다녔습니다(그 동네는 최상위층이 아니면 극빈층이었고 중산층이 그리 없었던 듯합니다).

어느 날, 선생님은 종이를 나누어주며 "선생님에게 전하고 싶은 말을 써라."라고 하면서 이름은 쓰지 않아도 되니 맘 놓고 하고 싶은 이야기를 쓰라고 했습니다.

때는 오월. 날이 날이니만큼 존경하는 선생님께 감사의 편지를 쓰려고 맘먹었는데 내 짝이 슬쩍 자기가 쓴 글을 보여줍니다. "선생님! 차별하지 마세요."라고 딱 한 줄 적혀 있었지요. '차별'이란 말을 그때 생전 처음으로 보았기에 뜻도 잘 몰랐던 것 같습니다. 나는 몇 줄 장황하게 썼던 선생님에 대한 감사의 글을 싹싹 지우고, 내 짝이랑 똑같이 "차별하지 마세요."라고 적었습니다.

그날 오후 우리는 영문도 모른 채 단체 벌을 받아야했습니다. 모두들 책상 위에 올라가 무릎을 꿇고 무거운 걸상을 머리 위로 들고 있었지요. 당연히 변호사 아들이었던 남자아이는 몸이 약하다는 이유로 처음부터 단체 벌에서 제외되었습니다. 한 시간 넘도록 벌이 계속되었고 여기저기 울음소리가 들렸지요. 선생님은 반성의 기미가 보인다는 이유로 한 분단씩 의자를 내리게 했지만 우리 분단은 끝까지 벌을 서야했습니다. 온갖 처량하고 불쌍한 표정을 지어봤지만, 나랑 내 짝은 '반성의 기미'가 보이지 않았나봅니다. 제일 마지막까지 남아서 벌을 섰던 것은 내 짝과 나, 두 명뿐이었지요.

그 다음 해, 불행히도 그 선생님은 또다시 우리 담임이 되었습니다. 5학년에서 6학년으로 담임과 반 아이들이 그대로 진급을 한 것이지요. 선생님은 우리 집을 안다는 이유로 가정방문을 오시지 않았고, 산복도로 판자 집들은 집이 비어 있다는 이유로 가지 않으셨지만, 그 외 다른 친구들은 모두 가정 방문 온다고 집으로 달려가 기다렸지요. 졸업할 때까지 나는 불행한 한 해를 보내야했네요. 행여 아버지가 또 학교에 오실까봐 집에 가서 일체 억울한 일들을 말하지 못했답니다.

6학년 때, 나는 짝이 바뀌었습니다. 산복도로에서 학교를 다니던 한숙(가명)이라는 친구였지요. 키는 컸지만 숫기 없고 조용한 친구였습니다. 선생님은 뭔가 수가 틀리면, 갖은 이유를 붙여 만만한 내 짝을 때리거나 고함을 질렀습니다. '차별'이란 단어를 편지에 쓸 무렵엔 나는 그 뜻을 잘 몰랐지만 그 후로 '차별'이 무슨 의미인지 분명히 알게 되었습니다. 어느새 나는 잔뜩 주눅이 들어있었고 웃음을 잃었지요.

나의 5학년과 6학년은 내 인생 전체를 통틀어 최악의 암흑기였습니다. 전학을 오기 전, 과외가 뭔지도 몰랐던 변두리 작은 학교와 철모르고 뛰어놀던 친구들, 마당이 딸린 연지동 작은집을 나는 그 후로도 오래도록 그리워했습니다.

…

4학년 때 담임선생님은 끝내 어머니가 건넨 봉투를 거절하셨지요.

산복도로 친구들이 학교에 나오지 않으면 친구들에게 집을 물어 가정 방문을 가셨습니다. 그 선생님 성함은 윤기현 선생님입니다. 어머니는 두고두고 "바른 선생님"이라 칭찬하셨습니다.

　짝이었던 한숙이는 중학교에도 가지 못했습니다. 6학년 2학기엔 거의 학교를 나오지 않았지요.

　5학년 때 나에게 '차별'이란 단어를 알려준 짝은 대학 때 이념관련 사건으로 기나긴 옥고를 치렀습니다. 지금은 다들 어디서 어떻게 사는지….

초등 단짝친구

내가 다니던 초등학교는 조금 특수하다 할 수 있네요. 나는 우연히도 집이 가까워서 그 학교를 다녔지만, 과거 사범학교 부속 초등학교였고, 그 근방이 부유한 사람들이 집중적으로 몰려 있는 탓에 교사들의 제1선호지역이었으며, 학구를 위반하고 멀리서 자가용으로 우리학교에 다니던 학생들도 많았습니다.

하지만 우리 집은 중류층이었고, 나처럼 중류층인 친구는 딱 한 명 있었답니다. 우리 동네에 중류층으로 분류할 수 있는 아이들이 몇 명 더 있었겠지만 우리 반 70여 명의 아이들 가운데 과외를 하지 않았던 아이는 나랑 단짝친구 H, 딱 두 명 뿐이었네요.

고급 초등학교답게 학교에서는 전국 무용대회나 합창대회 기악대회 등에 참가하였고, 부잣집 아이들이 주로 단원이었습니다. 단짝친구 H와 나는 무용단원이 되어 열심히 연습을 했지만 대회 출전하기 몇 주 전, 무용복 맞출 돈이 없다는 이유로 대회에 나가지 못하게 되었지요. 선생님은 우리 때문에 안무를 다시 해야 한다며 화를 내셨습니다.

우리는 방과 후 한동안 둘이서 무용연습을 했습니다. 한 명이 막대기를 딱딱 두드리고 그동안 배웠던 무용동작을 끝도 없이 반복하였고 때로는 새 동작을 창안해서 더하기도 했네요. 그 놀이가 시들해질 무렵엔 머리를 맞대고 껌팔이를 하거나 빈 병을 주워 돈 벌 궁리를 하거나, 우리 집 옥상에 날아오는 비둘기를 잡을 궁리를 하며 시간을 보내곤 했습니다.

초등학교를 졸업하고 우리는 서로 다른 중학교에 다녔고 만나는 일이 뜸해졌지요. 고등학교에 다닐 무렵, 내 친구는 다니던 학교에서 전교 1, 2등을 다툰다는 소식이 들려왔습니다.

내 고등학교 단짝도 서울대학을 갔고 우연히도 H와 같은 계열(어문계열)에 다녔으므로 간간히 초등 단짝의 소식을 전해들을 수 있었습니다.

이상하게도 학창 시절 친구들은 두 부류가 되어버렸습니다. 대학 진학을 위해 서울로 간 친구와 부산에 남아 있는 친구. 방학이 되면 가끔씩 만나기는 했지만 더 이상 예전처럼 화제가 많지도 않았고 관심사가 같지도 않았던 것 같습니다.

대학 4학년 기말고사가 끝날 무렵. 초등 단짝이었던 H가 우리 집을 찾아왔습니다. 술을 조금 마신 듯 얼굴은 상기되어 있었고 동그란 얼굴에 주근깨는 여전했습니다.

"너그 학교는 벌써 시험 끝났나? 올라가자."

내 방으로 올라가자는 말에도 현관에서 머뭇거리기만 했습니다. 죽음을 앞둔 사람처럼 내 이름만 되풀이해서 몇 번이고 부릅니다.

나는 그녀가 술이 많이 취했구나… 생각했습니다. 다음날 마지막 시험이 있었기에 그렇게 현관에서 그녀를 배웅하고 시험 끝나고 만나자 했지요.

하지만 나는 지금까지 그녀를 만나지 못했습니다. 내가 그녀의 소식을 들은 것은 친구들을 통해서가 아니라 텔레비전 뉴스를 통해서였지요. 우리 집을 다녀간 바로 이틀 뒤, 그녀는 간첩사건의 주범으로 지목되어 연행되었습니다. 신문에는 동그란 얼굴, 내가 잘 아는 그 얼굴이 도표 속 젤 위쪽에 자리 잡고 있었지요. 징역 16년을 받았다는 얘기는 한참 후 고등 동창을 통해 들었습니다. 그녀의 아버지는 당시에

교감선생님이었지요. 그 사건으로 학교를 그만두었을 거라 했습니다.

우리 집은 한동안 비상이 걸렸습니다. 울 아버지의 전적 때문에 아무 짓도 하지 않아도 자칫 끌려 갈 판에 H가 구속 직전 우리 집을 다녀갔으니까요.

나는 지금까지 그녀의 소식을 모릅니다. 나처럼 손주 볼 나이가 되어 어디에선가 잘 살고 있으려니… 어린 시절 얘기를 쓰다가 문득 그 시절 단짝 친구가 그리워졌습니다.

정말 그 친구가 뉴스에서 대서특필되었던 것처럼 간첩이었을까요? 나에게는 그런 일들이 하나도 중요하지 않습니다. 머리 맞대고 키득대던, 그냥 내 어린 시절의 친구일 뿐이니까요. 그저 그녀가 평탄한 삶을 살고 있기를 기원해봅니다.

숙이 언니

나는 '봉숙이 언니'를 읽고 작가가 우리 집에 다녀간 줄 알았습니다. 어쩌면 스토리가 그리도 똑같을까요?

내가 어렸을 때, 우리 집엔 숙이 언니가 있었지요. 당시엔 흔했던 이름, 자야, 순이, 숙이, 옥이, 희야…(숙이 언니가 오기 전에는 옥이 언니가 있었다는데 내 기억엔 없습니다). 오늘처럼 달빛이 교교한 가을밤이면, 대신동 집 옥상에서 한없이 달을 쳐다보던 숙이 언니가 생각납니다.

내가 전학을 온 학교는 소위 말하는 부유층 자녀들이 다니는 학교였습니다. 멀리서 자가용을 타고 오는 아이도 있었고, 아버지가 의사, 변호사, 사업가인 아이들이 수두룩했었지요. 변두리에서 전학을 온 나는, 전교 회장을 했었던 언니, 오빠들의 후광을 전혀 받을 수 없는 별 볼일 없는 전학생으로 전락을 했습니다.

시무룩한 표정으로 학교를 다녀오면, 가끔씩 주머니에서 사탕을 꺼내주곤 했던 숙이 언니. 웃음이 헤프다고 어머니한테 꾸지람도 많이 들었답니다.

어느 날 숙이 언니는 "오늘은 도시락을 가져다 줄 테니 기다리라."고 했지요.
점심시간이면 복도에는 도시락을 들고 기다리는 부잣집엄마들로 장사진을 치곤 했는데 그날은 그 대열에 숙이 언니도 있었습니다.
언니의 손에는 도시락 대신 뜨거운 냄비가 들려있었지요. 나는 그날, 아이들의 부러운 눈길을 받으며 도시락 대신 라면을 먹었습니다.

지금 생각하면 나랑 나이차도 그리 크지 않았던 숙이 언니는, 한 번도 우리 어머니를 엄마라고 부르지 못했던 나에게 '엄마' 같은 존재였지요.

숙이 언니랑 목욕을 간 날, 언니의 통통한 몸매와 풍성한 젖가슴을 보고 폭 파묻히고 싶다는 느낌이 들었고 괜시리 어머니한테 죄책감마저 들었던 기억도 납니다.

작은오빠보다 몇 살 더 많았을까…. 어린 나이에 우리들이 교복입고 학교 갈 때 밥상을 차려야 했었던 숙이 언니. 얼마나 학교가 가고 싶었을까요? 잘 되라고 그런다지만, 어머니의 끝없는 잔소리를 견뎌야 했었지요. 언젠가 한번은 물탱크 옆 장독대에 쪼그려 앉아 훌쩍이던 숙이 언니…. 그러다가도 어머니가 "숙아~" 부르시면 금세 이히히 웃으며 달려갔지요.

아버지는 숙이 언니가 밥상에 앉지 않으면 수저를 들지 않으셨고 항상 식구처럼 대했지만 우리 '진짜 언니'는 숙이 언니랑 거의 말을 섞지 않았던 것 같습니다.

고등학교 때, 딱 두 번 전교 1등을 놓쳤던… 하얀 칼라에 단정한 교복을 입고 새침하게 다니던 우리 '진짜 언니'보다는, 실없는 웃음을 뿌리고 다니며 내 머리를 땋아주던 숙이 언니가 훨씬 좋았습니다.

"우리 현아는 커서 뭐가 되고 싶어?"

그날따라 숙이 언니는 머리를 땋아주며 혼잣말인지 나에게 하는 말인지 모를 말들을 했고 중간중간 자꾸만 한숨을 지었습니다.

며칠 후 숙이 언니가 사라졌습니다. 그 언니의 본가에도 돌아오지 않았답니다. 케비닛의 돈은 그대로였지만 새로 산 카메라가 없어졌지요. 추석 때 집에 갈 때 입으라고 사둔 옷은 왜 안 가져갔을까요?

어머니는 몇 년 만 있으면 시집 보내줄려고 했었는데 집을 나갔다고 속상해 했습니다. 우리 집 건너편에 있던 중국집 종업원과 눈이 맞아 도망간 거라고들 했지만 확실치도 않았습니다.

나는 속으로 언니가 보고 싶었지만 꼭꼭 숨기를 바랐고, 영영 돌아오지 않기를 바랐습니다. 내 바람대로, 그 후 숙이 언니의 소식은 누구도 듣지 못했습니다.

언니야.

지금쯤 육십을 바라보는 나이가 되었겠네. 어디서 어떻게 사는 지 꼭 한번 다시 보고 싶다.

오늘따라 언니를 생각하니 자꾸만 주책맞게 눈물이 나네. '아침마당'에서 헤어진 가족을 찾는 사람들이 나오면, 혹시나 언니가 나올까… 하며 보기도 했어. 언니야. 정말 보고 싶다.

그 언니 원래 이름은 김 숙○입니다. 처음 우리 집에 왔을 때 "숙이라고 불러주세요." 했었지요. 그리고는 이히히 웃었습니다. 그 시절엔 '봉순이 언니'도 '숙이 언니'도 이름만큼이나 흔했던 것 같습니다. 지금 돌이켜보면 참 가슴 아픈 시절을 살았던 언니들입니다.

하숙집 딸

초등학교 4학년, 새로 이사 간 대신동 3층집은 방이 많았습니다. 1층엔 점포 말고도 방이 세 개에 신발을 신고 가야했던 커다란 부엌과 화장실이 있었고, 2층엔 무려 방이 일곱 개였지요. 그리고 삼층엔 교실만큼 커다란 방이 하나 있었고 그 앞마당엔 평상이 놓여 있었습니다. 3층에 올라가면 멀리 바다가 보였는데 후에 옆 건물이 들어서면서 바다는 더 이상 볼 수 없었지요.

연지동 좁은 골목길 속에 숨어 있는 작은 집에서 이렇게 으리으리한 큰 집으로 이사 오게 된 사연은 아버지 때문이었습니다. 고질적인 폐병으로 입원과 퇴원을 반복하셨던 아버지. 아버지는 더 이상 경제활동을 할 수 없는 상황이 되었고 어머니는 평소 자신 있던 음식 솜씨를 바탕으로 하숙을 해볼 요량이었습니다.

'하숙'이란 종이를 전봇대마다 붙여두고 달포를 기다린 결과, 2층 방 7개는 금세 하숙생으로 가득 찼지요. 저녁마다 수저를 놓는 일이나 반찬을 나르는 일은 내 차지가 되었고 밥상이 완성되면 "아저씨! 식사하러 내려오세요~." 라고 부르는 일도 꽤 즐거운 일이었습니다. 커다란 밥상에서 우글우글 모여 앉아 저녁을 먹는 일도 재미있었고, 특히 식사 후에 다 함께 숨죽이며 보았던 '수사반장'은 무엇과도 바꿀 수 없는 추억입니다.

잠시 머물다 나간 아저씨들은 기억이 나지 않지만 몇 년 동안 있었던 김 과장 아저씨(아마 근처 관공서에 과장이셨던 듯), 방안 가득 LP판이 있었고 가끔씩 클래식을 들려주던 수산청 아저씨, 방위산업체에 다닌 터라 '중위'와 '대위'로 불리던 함 중위 아저씨, 신 중위 아저씨, 이 대위 아저씨는 하숙을 그만두고도 오래도록 왕래가 있었습니다. 그리고 우리 집에서 대학병원이 멀지 않았기에 의대 본과에 다니던 아저씨들도 2명이 있었지요.

당시 대학을 다니던 울 언니는 함께 밥상을 받은 적이 거의 없었던 듯합니다만, 잘생긴 이 대위 아저씨한테 꽤 관심이 있는 눈치였지요.

"애구~ 잘 생긴 양반이 예의가 어찌 그리 바른지…."

어머니는 늘 이 대위 아저씨 칭찬을 하곤 했습니다. 어쩌면 언니가 들으라고 그랬는지도 모를 일입니다. 어린 내가 생각해도 이 대위 아저씨는 하얀 얼굴에 반듯하게 잘생겼고 밥상을 들어주기도 했으며 밥 먹은 후에는 "맛있게 먹었다."며 인사를 하는 것도 남달랐지요.

어느 날, 저녁 식탁에 물방울무늬 원피스를 입은 예쁜 여자가 함께 앉아 있었지요. 이 대위 아저씨의 약혼녀라 합니다. "어디다 이리 예쁜 여인을 숨겨두고 있었느냐.", "둘이 정말 잘 어울린다." 칭찬해가며 복숭아를 건네주고 연신 많이 먹으라고 권하고 있었지만, 울 어머니의 장래 사윗감이 사라지는 순간이었죠.

울 어머니가 사윗감으로 점찍은 다음 타자는 의대 본과를 다니던 아저씨들이었습니다. 하지만 옷도 제대로 갈아입지 않고 세수도 하는 꼴을 본 적 없었던 그 아저씨들…. 특히 방에는 퀴퀴한 냄새가 나서 한참동안 창을 열어두곤 했습니다.

언니는 도무지 그 아저씨들한테는 관심이 없는 듯했지만, 장래 의사 사위를 두고픈 울 어머니 마음은 달랐습니다. 늦은 저녁에 들어와도 밥을 차려 주었고, "공부하느라 고생이지?" 하며 때로는 간식을 챙겨 주기도 했습니다.

어느 날 저녁, 밥상을 물리고 난 후 의과대 아저씨들은 의대 카니발에 함께 갈 파트너가 없다며 언니의 눈치를 살폈습니다.

"안됐네요. 저는 시험이 있어서…."

일언지하에 거절하는 언니를 보며 그냥 있을 어머니가 아니었지요. 암요. 장래 의사 사위를 놓칠 수야 없지요.

다음날 저녁, 나는 예쁜 원피스에 갈래머리 예쁘게 땋고 핑음을 들으며 휘황찬란한 싸이키 조명 아래에서 주스를 마셨습니다. 아저씨 친구들이 우리 테이블을 기웃거리며 "숨겨둔 딸이냐?" 했더랬지요. 초등학교 5학년 때 처음 가본 의대 카니발이었습니다.

3~4년 정도 하숙집을 하는 동안 이런저런 일들도 많았지만, 어떤 아저씨의 넥타이핀 분실 사건이 생각납니다. 아저씨들이 출근을 하고 나면 우리 집에서 일하던 숙이 언니가 방청소를 했지요. 그런데 비싼 넥타이핀이 없어졌다는 것입니다. 억울했던 숙이 언니는 눈물만 흘렸고, 결국 어머니는 넥타이핀 값을 건네며 아저씨에게 나가달라고 했었지요(그 넥타이핀은 끝내 찾을 수 없었습니다).

하숙을 접은 후에도 종종 아저씨들이 놀러오곤 했지요. 어머니는 멀리서 친척이라도 온 듯 반기셨습니다. 6학년이 끝날 무렵, 나의 긴 갈래머리가 단발머리로 싹둑 끊어졌지요. 겨울 방학이 끝나면 이제 어엿한 중학생이 될 테니까요. 태종대에 있다는 독신자 아파트로 거처를 옮기 신 쥬위 아저씨에게 연락이 왔네요. 막내가 꼭 한번 보고 싶다며…. 아저씨는 무척 조용한 분이었습니다.

대신동에서 태종대까지는 꽤 먼 거리였습니다. 나도 참 좋아하던 아저씨였기에 어머니가 주신 용돈을 들고 약속한 곳으로 먼 길을 갔지요. 아저씨는 맛난 것도 사주고 라디에이터가 칙칙 소리를 내던 깨끗한 독신자 아파트도 구경시켜주었지요.

나는 오랜만에 만난 아저씨한테 종알종알 얘기를 늘어놓았고, 아저씨는 뎅겅 잘린 내 머리카락을 쓰다듬으며 긴 머리가 예뻤었는데…하며 무척 아쉬워했답니다.

세월 지나 곰곰이 생각해보니, 아저씨가 그렇게도 아쉬워했던 것이 정말 짧게 잘린 내 머리칼 때문이었을까요? 어쩌면 내가 울 언니 손잡고 나타나길 기대했었는지도….

…

매 끼니마다 반찬 걱정을 하셨던 어머니. 하숙을 하던 무렵부터 이런저런 장아찌를 종류대로 담그셨지요. 몇 년 동안 하숙 치느라 고생하셨지만, 어머니는 늘 즐거웠던 추억처럼 그때 일을 말씀하셨지요. 나도 그 아저씨들이 종종 생각납니다.

신문배달 소녀

어릴 적 내가 즐겨 읽던 소년중앙이란 잡지가 있었습니다. 당시엔 새 소년, 어깨동무 등 어린이잡지들이 꽤나 유행하던 시절이었네요. 언니, 오빠들이 국민학교를 졸업하고 나서 더 이상 그 잡지를 사지 않았기에 나는 동네 만화방에서 빌려다 읽곤 했지요.

어느 날, 소년중앙에서 신문배달을 하며 어려운 가정상황을 헤쳐 나가는 소년 가장의 수기를 읽었습니다. 매일 새벽 신문을 돌리고 오후에는 폐품을 모아 가정을 돕는다는 그 소년은 비록 삽화로 그려져 있었지만 무척 잘생긴 소년이었고 선량해 보였습니다.

그날부로 나는 신문배달 소녀를 꿈꾸기 시작했습니다. 한 달 월급을 받으면 무엇에 쓸까도 생각해보고, 생활비에 보태라며 내놓으면 깜짝 놀라 감동하시는 부모님의 얼굴도 떠올려보았습니다. 남몰래 통장을 만들어 차곡차곡 모으는 상상도 해 보았네요.

아~ 월급 받으면 하고 싶은 일들과 해야 할 일들이 하고 많은데 도대체 어디에 가야 신문배달 소녀로 취직을 할 수 있는지 알 수가 없었습니다.

나의 백일몽이 시들해 질 즈음, 친구 집을 다녀오다… 앗! 골목에서 신문 배급소를 발견했습니다.

석간신문 더미를 이리저리 분류하는 아저씨 앞에서 한참을 서성인 끝에 아저씨한테 신문배달을 하고 싶다고 말을 붙였습니다. 다시 사무실로 들어가 최대한 애절하고 간절한 표정으로 말을 붙인 결과, 드디어 "자전거가 있느냐?"는 말이 돌아왔습니다.

암요. 우리 집에는 거의 쓰지 않는 커다란 자전거가 있었지요. 내가 타기엔 너무 컸지만….

나는 조금 젊은 청년인지 학생인지 애매한 아저씨를 따라 배달구역을 함께 따라다녔습니다. 대문에는 종종 〈신문사절〉이란 문구가 띄기도 했지만 아랑곳 하지 않고 휙휙 신문을 던져 넣었지요. 나를 위해서인지 어떤 집에는 대문에 가위표를 해 주었습니다.

다음날 오후, 집에 있던 커다란 자전거를 끌고 신문 배급소까지 찾아 가는 것은 여간 힘든 일이 아니었네요. 우연히 골목길에서 본 신문 배급소…. 다시 찾느라 친구 집까지 갔다가 묻고 헤매며 겨우 찾았습니다.

자전거 뒤에 한 무더기를 겨우 싣고 동네를 돌기 시작했지만, 짐칸에 실려 있던 신문들은 줄어들 생각이 없는 듯 보였습니다.

빠진 곳이 있었나 싶어 한 바퀴를 더 돌았지만 여전히 신문은 반이나 남아있었지요. 골목과 골목을 큰 자전거를 끌고 헤매다보니 집에 돌아갈 일이 막막해졌습니다.

성냥팔이 소녀가 추운 거리에서 성냥을 하나씩 켜는 심정으로 이 집, 저 집, 아까 그 집에도 남은 신문들을 하나씩 전부 던져 넣고 나니 이미 날이 캄캄해 져 있었지요.

그날 밤, 난생 처음으로 근육통이란 걸 겪어보았네요. 오후 내내 용을 쓰며 무거운 자전거를 잡고 있었기에 팔과 어깨가 견딜 수 없이 욱신거렸던 기억. 내일 다시 신문배달을 가야한다고 생각하니 너무도 막막하여 잠이 오지 않을 지경이었지요.

이튿날, 어머니는 신문배급소 아저씨의 성난 항의를 들어야 했습니다. 신문배급소에서는 신문이 배달되지 않았다는 항의전화와, 신문을 안 보는데 왜 넣었냐는 신문사절 전화로 온 종일 몸살을 앓았다는 후문입니다. 조간신문을 구독하던 우리 집도 졸지에 사죄의 의미로 한동안 국제신문을 받아보게 되었습니다.

딱 하루 만에 해고된 신문배달…. 내가 길치인 것을 확실히 알게 된 사건이지요. 신문을 대충 던져놓고 집으로 돌아오는 길은 정말 미로 같았습니다.

아직도 발행되는지 모르겠네요. 부산에 있었던 석간신문, 국제신문….

나는 요즘도 갓 배달되어온 종이 신문의 잉크냄새가 종종 그립습니다.

웅변대회

어릴 적, 해마다 유월이면 반공 웅변대회가 열렸습니다.

웅변대회에서 상을 한두 개씩은 탔었던 언니, 오빠들을 따라 나도 웅변대회에 출전하게 되었지요. 웅변대회 준비의 첫 단추는 길고 긴 원고를 외는 일이었습니다. 무엇보다도 웅변 원고가 좋아야겠지요? 마침 우리 집에서 하숙을 하던 아저씨의 도움으로 멋진 원고가 완성되었습니다. 다음 단계는 당연히 원고를 달달 외야 하는 것입니다.

저녁밥상을 물리고 가족들 앞에서 시연을 할 때는 이런저런 간섭이 만만찮습니다.

그 부분에서 책상을 탁! 쳐야한다는 둥,
양손을 위로 힘차게 뻗쳐야한다는 둥,
좌중을 천천히 돌아봐야한다는 둥…

짧지 않은 원고를 외는 일도 만만찮은데 온갖 제스처까지 함께 하기는 역부족이었지요.

대회 날은 점점 다가오고, 긴장감과 후회가 밀려옵니다. 잘 나가다가 막히는 부분은 왜 매번 똑같은 부분인지… 괜히 출전한다고 했나 싶어 후회가 물밀듯 밀려오지만 때는 이미 늦었지요.

대회 전날에서야 가까스로 원고를 보지 않고 줄줄 욀 수 있는 경지가 되었습니다.

원고 중간 중간 괄호 속에는 '짝짝짝'이라고 군중들이 박수를 보낼 거라는 지문도 있었습니다. 그럴 때는 잠시 박수소리가 잦아들 때까지 기다렸다가 계속 이어가는 센스도 필요하겠지요?

나는 뒷번호에 출전을 하게 되었습니다. 더러는 원고를 외지 못해 줄줄 읽어가는 아이도 있었고 더러는 멋지게 마친 아이도 있었지요. 이윽고 내 앞 번호가 시작합니다.

"씨앗!"
"여러분은 이 씨앗의 의미를 아십니까?"

그 아이는 콩인지 팥인지 모를 조그만 씨앗을 군중을 향해 들이밀며 독특한 시작을 했습니다.
4학년 때 같은 반이었던 그 남자아이는 내가 들어본 어떤 웅변보다 독특하고 멋진 웅변을 했던 것 같습니다.
예상했던 대로, 우레와 같은 박수가 터져 나왔습니다.

원고를 모두 외웠던 만큼, 나도 그 친구에 못지않은 웅변을 하리라 결심을 했었지요. 내 차례가 되고, 여유 있게 앞부분을 시작했습니다. 드디어 클라이막스가 되었고 나는 힘차게 한 손을 쭉 뻗어 북쪽을 가리켰습니다.

"저어~ 북쪽하늘 아래~!"
헉! 그런데 생각해보니 내가 가리킨 곳이… 북쪽이 아닌 것 같았습니다. 집에서 연습을 할 때는 분명 그쪽이 북쪽인데, 학교에서는 방향이 달라진 것 같습니다.

나는 서둘러 왼쪽 손을 뻗어 다시 시작했습니다.
"저어~ 북쪽하늘 아래~!"
아~ 어쩌나요? 생각해보니 그쪽도 북쪽이 아닌 것 같았습니다.

다시 뒤쪽을 향해 뒤돌아보며 손을 뻗었습니다.

"저어~ 북쪽하늘 아래~!"

헉! 그런데 다음 원고 내용이… 무엇이었나요?

동서남북을 가리키며 "북쪽하늘 아래!"를 외치고 나니, 순간 머릿속이 하얗게 변하며 외웠던 내용들이 깜깜절벽이 되고 말았습니다.

고학년만 모였지만 수 천 명이었던 군중들… 찬물을 끼얹은 듯 조용해졌습니다.

웅변을 이어가려고 다음 내용을 찾았지만 자신만만하게 외웠던지라 원고를 넘겨놓지 않았군요. 클라이막스부분 이후로, 해당 원고내용 찾느라 단상에서 쩔쩔매며 뒤적뒤적… 나머지 원고는 거의 읽어 내려갔었던 기억이….

지금도 그때의 일들은 마치 슬로우 비디오로 연상이 됩니다. 마치 깊은 물속에서 허우적거리는 느낌이 들었습니다. 웅성거리는 좌중들의 소리가 머나먼 물 밖의 일처럼 멍멍하게 느껴졌습니다.

나는 출전한 사람들에게 모두 하나씩 수여되는 상(장려상)을 받았습니다. 이듬해 반공 웅변대회를 개최할 무렵, 선생님의 추천을 나는 단칼에 거절했습니다.

…

"저어~ 북쪽하늘 아래~!"

"자유를 애타게 기다리는 동포들이 있습니다!(짝짝짝)"이 뒷부분의 내용이었습니다.

사십 년이 훌쩍 지나도 생생히 기억에 남아있는 원고내용이지요.

생애 첫 돈벌이

어릴 적, 나는 특별히 집에서 용돈을 주기적으로 받은 적이 없었습니다. 어쩌다 친척이 오셔서 용돈을 주면, 공손하게 거절하라 배웠고, 책을 사거나 학용품을 사는 일에 드는 비용 외에는 따로 쓸 용돈이란 게 없었지요.

학교 앞 떡볶이 집에서 친구들이 떡볶이를 사 먹거나 오뎅을 먹으면 못내 외면하고 집에 돌아와 떡볶이 타령을 하곤 했지요.

"길가에서 파는 거보다 백배 맛있다."

어머니는 떡볶이 사 먹을 돈을 주시는 것이 아니라 냉장고의 케케묵은 떡국 떡으로 만들어 주시곤 했습니다. 내가 먹고 싶은 것은 어머니가 떡국 떡으로 급조한 떡볶이가 아니라 학교 앞 문방구 근처에서 팔던 기다란 떡볶이랑 오뎅이었는데….

언젠가 용돈이 생기면 쫄쫄이랑 떡볶이, 초콜릿을 맘껏 먹는 게 꿈이었지만 나에게는 용돈이란 게 없었답니다.

우리 집 근처에 살던 단짝 친구도 마찬가지였네요. 우리는 스스로 돈을 벌 궁리를 해보았습니다. 초등학교 5학년 여름이 올 무렵. 우리가 돈을 벌 수단은 아무래도 없었습니다.

어느 날 내 친구는 껌을 팔자고 제안했지요. 후레쉬 민트 껌 한 박스를 사서 한통에 두 배 가격으로 팔자는 것이었습니다. 그럴듯한 제안이었지만, 우리는 껌 한 박스를 살 돈이 없었습니다. 내 친구는 셈도 빠르고 머리회전도 무척 빨랐습니다. 내 방의 저금통 배를 가르고 필요한 돈을 쓴 뒤, 우리가 껌을 팔아 돈을 마련하면 똑같은 저금통을 사서 원래 있었던 돈을 그대로 채워 두라는 것입니다. 과연 지금 생각해도 묘안입니다. 그 친구는 훗날 서울대학을 가지 않았던가요?

우리 집에서 남포동까지는 걸어서 거의 삼십 분이 걸렸습니다. 충무동 즈음에 이르니 제법 사람들이 많이 다니고 있네요.

"껌 사세요~." 소리가 처음엔 기어들어갔지만 한 번이 어렵지 그 후로는 씩씩하게 외쳤습니다. 한참을 외쳐도 아무도 관심이 없네요. 우리는 팔리지 않는 이유를 분석하기 시작했고, 입고 있던 교복 윗도리를 벗어서 근처 골목 구석에 돌돌 말아두고 단정하게 땋아져있던 머리를 풀어헤쳤습니다.

완벽한 분장 덕이었는지, 두어 시간 물도 먹지 못하고 걷고 서 있어서 그랬는지 진짜 불쌍하고 처량한 목소리가 저절로 나왔습니다. "껌 좀 사주세요~."

마침 왕자극장 앞에서 사람들이 영화관에 들어가는 것이 보였습니다. 이때다 싶어서 적극적 구걸작전을 펼치고 있는데 어디선가 얼굴을 따끔거리는 것이 와륵 쏟아집니다.

극장 매표소 직원인지 매점 주인인지 알 수 없는 뚱뚱한 아줌마가 나와서 우리에게 왕소금을 뿌린 것입니다. 그날, 태어나서 생전 처음 들어보는 욕지거리와 함께 우리는 극장 앞에 얼씬도 못하도록 쫓겨났네요.

집으로 돌아오는 길. 친구는 목이 마르다며 껌 하나만 씹자고 했지만 나는 한 통도 팔지 않았으니 슈퍼에서 도로 무르자고 했지요. 친구는 어차피 저금통을 새로 사려면 껌을 팔아야하니까 껌을 씹자고 합니다. 그 말이 맞네요. 우리는 껌 하나를 꺼내서 반쪽으로 나눠 씹었습니다. 노란색 후레쉬 민트! 우리의 사업 자금이요, 종자돈을 그렇게 입속에 넣고 나니 맛나다는 생각이 하나도 들지 않았습니다.

친구는 다음 전략을 열심히 떠들어댔지만, 나는 저금통을 원상복

귀 할 생각으로 걱정이 태산 같았습니다.

친구가 시킨 대로 새 저금통을 사서 돈을 넣어두었고 식구들은 내 방의 저금통이 살짝 달라진 것을 아무도 눈치 채지 못했습니다. 게다가 언젠가는 팔 수 있는 후레쉬 민트 한 박스가 있지 않던가요? 한동안 우리는 껌을 잘 팔 수 있는 전략들을 모색하느라 틈만 나면 궁리를 했습니다만, 그 후로 껌을 팔러 나가지는 못했습니다.

첫 날, 너무도 고되고 힘들었거든요. 돈을 버는 것이 녹녹치 않다는 것을 처음 경험한 셈입니다.

완전범죄였느냐구요? 껌 한 박스가 서랍 속에 잠자고 있다는 것조차 까맣게 잊고 있을 무렵, 뭔가 찾느라 내 서랍을 뒤지던 작은오빠한테 들켜서 결국 가족에게 이실직고했습니다. 크게 혼나지는 않았지만, 껌들은 수분도 날아가고 죄다 뚝뚝 부러지는 상태여서 씹기도 힘든 지경이 되어 있었던…

그 후로도 나는 스스로 돈을 벌고 싶다는 생각이 참 컸던 것 같습니다. 그 당시의 마음가짐이 지금까지 쭉 이어졌더라면 큰 부자가 되어 있었을 텐데…

여러분의 첫 돈벌이는 언제였나요?

단발머리

"어머니, 오른쪽이 올라갔어요."

나는 커다란 거울을 앞에 두고 보자기를 둘러쓰고 의자에 앉아 있었지요. 어머니는 연신 오른쪽과 왼쪽을 비교해가며 내 머리에 빗질을 하고 있었습니다. 머리를 다 자를 때까지 빠지지 않고 등장하는 오래된 가위 탓입니다.

날이 잘 들지 않는다고 투덜거리셨고, 나사가 헐겁다고도 하셨지요.

어머니가 가위 탓을 많이 할수록 내 머리칼의 길이도 점점 더 짧아졌습니다.

나는 단발머리에 교복을 입고 다닌 마지막 세대입니다. 중학교 3년 내내 내 머리는 어머니가 잘라주셨고 한 번도 미장원에 간 적이 없었답니다. 귀 밑 3센티가 단발머리 길이의 규정이었지만 어머니가 잘라주신 내 머리칼의 길이는 언제나 귀 밑에 바짝 붙어 있곤 했지요. 오른쪽이 짧아서 왼쪽을 자르고, 왼쪽이 더 짧아서 오른쪽을 맞추다 보니.

언니에 이어서 나까지 무려 6년 이상의 야매 미용경력에도 불구하고 어머니의 미용 실력은 크게 늘지 않았나봅니다.

고등학교 2학년 때, 어머니는 결국 대형 사고를 치셨습니다. "오른쪽이 더 길어요. 왼쪽이 더 길어요."를 반복하다보니 내 머리칼 길이가 귀 위로 올라갔기 때문이지요.

"학생답고 단정하네."

"앞으로 석 달 동안 안 잘라도 되겠네."

칭찬인지 위로인지 모를 가족들의 격려에 속상한 마음을 달래었지만 짧아도 너무 짧았던 내 머리. 월요일이면 학생 주임 선생님은 교문 앞에서 가위와 자를 가지고 서 계셨습니다. 귀 밑 3센티가 넘는다… 싶으면 가차 없이 한쪽 머리칼을 귀 밑으로 바짝 잘라버리셨지요.

나를 보신 선생님은 "가출해서 잡혀왔냐."며 킬킬 웃으셨고 우리 반 친구들은 경악을 금치 못했습니다.

집에 돌아오자마자 책가방을 내던지고 내 머리칼 도로 붙여놓으라며 펑펑 울기 시작했습니다.

결국 어머니는 미장원가라며 용돈을 쥐어 주셨지만, 미장원에서도 잘린 머리칼을 붙일 수는 없었지요. 얼마나 짧게 잘랐는지 뒤통수를 파르라니 면도를 해줄 정도였으니….

그 후로 졸업할 때까지 나는 미장원에서 머리를 잘랐습니다. 내가 고등학교를 졸업한 바로 직후에 교복 자율화와 더불어 두발 자율화가 시행되었지요.

대학에 가고 싶은 큰 이유 중에 하나가 다시 머리를 기를 수 있고 (게다가 파마를 하고) 교복 대신 자유롭게 청바지를 입고 다닐 수 있었기 때문이 아닌가합니다.

금지된 것은 그 무엇이든 죽어라고 넘어서고 싶은 심리. 학교 다닐 적 귀 밑 3센티의 단발머리에도 갖가지 유행이 있었답니다.

주로 껌 씹는 언니들이 많이 하고 다니던 고속도로 머리는 핀을 뒤쪽으로 쭉 밀어 찌르는 기법으로, 노는 언니들 전용 헤어스타일이었고 돌려 찌르기는 핀을 옆으로 삥 돌려서 찌르는 기법으로 어설프게 노는 언니들이 주로 하고 다녔습니다.

검정색 교복에 까까머리를 하고 다녔던 남학생들. 가끔씩 바리깡으로 한쪽 머리가 박박 밀려서 다니는 애들도 있었답니다.

…

그렇게 지겨웠었던 교복에 단발머리.

나는 대학4년 내내 단발머리였고 졸업한 후에도, 유학시절에도 단발머리를 고수했습니다.

그리고 요즘은 출근할 적마다 입을 옷이 없는듯하여 차라리 교복이 있었으면 좋겠다는 생각을 합니다.

편식

창피한 일이었지만 의연하게 묶여 있었습니다. 3층 마당, 기둥에 꽁꽁 묶인 나는 마치 총살당하기 직전 의용군의 모습 같았습니다. 해가 기울고, 염탐꾼인 작은오빠가 살째기 다녀갔습니다. 그 다음은 어머니가 올라오셨지요.

"약이다~ 생각하고 그냥 묶어라. 느 아버지가 너를 월매나 생각하는데 꼭 이래야 하나? 쯧쯧…"

어머니는 회유를 했음에도 불구하고 말없이 입을 꾹 다문 나에게 종국에는 밤새 묶여 있으라는 차가운 말 한마디 남기고 사라지셨습니다. 몇 시간 째 전깃줄에 꽁꽁 묶인 나는 창피함과 고통을 피하기 위해 그동안 봤던 이런저런 영화 장면을 떠올리고 있었습니다. 주로 적군에게 잡혀 항거하다 장렬히 죽음을 맞는 영화들… 새벽의 7인, 영광의 탈출 같은. 그리고 레지스탕스들이 출현하는 영화도 떠올려보았습니다.

늦은 오후에 일이 있었는데 날은 이미 캄캄해졌고, 이웃집 지붕에서 애기울음소리를 내는 고양이들 소리가 들렸지요. 그 누구의 회유나 강압에도 굴하지 않고 항거하던 나는 꽃다운 나이 열여섯 살, 고등학교 일학년이었습니다.

그런데 내가 왜 3층 기둥에 꽁꽁 묶여 있었냐구요?

가뭄이 심했던 그해, 아버지는 김해 한림정의 웅덩이에서 튼실한 가물치를 무려 다섯 마리나 잡아오셨지요. 아버지가 세상에서 젤 이뻐하시던 막내. 어릴 적부터 편식이 심했던 막내가 고등학생이 되었으니

몸보신을 하라는 명령이 떨어졌습니다. 푹 고은 가물치는 뽀얀 국물에 노랑 기름이 동글동글 떠 있었고… 보기만 해도 속이 울렁거리는 대접을 보는 순간, 식은땀이 흘렀습니다.

"약이다~ 생각하고 마셔라."

가물치 고은 물을 앞에 들이밀며 아버지가 하신 말씀은 후일 두고두고 형제들 간의 유행어가 되었습니다.

나는 어릴 적부터 늘 순둥이였고 툭하면 눈물을 흘려 울보라는 별명을 가지고 있었지만, 그날은 눈물을 흘리지 않았습니다. 추어탕도못 먹는데 어찌 가물치 고은 물을 먹는다는 말입니까? 사약을 앞에둔 충신처럼 입만 꾹 다물고 있었지요.

"아버지 정성을 생각해서도 눈 꼭 감고 후루룩 마셔라."

사약(?)을 들이밀며 어르고 달래는 간신들처럼, 이미 한 그릇씩 마신 어머니와 오빠들의 회유가 있었습니다.

우리 아버지는 고집이 무척 센 분이셨습니다. 한번 고집을 부리시면 주변 모든 사람들이 항복을 해야만 끝이 나지요. 한밤중, 어머니가 잔소리를 늘어놓으며 나를 풀어줄 때까지 나는 그렇게 전깃줄에 꽁꽁묶여 있었습니다.

그 후 아버지는 수개월 간 나랑 눈을 마주치시지 않았고, 말 한마디건네시지 않으셨지요. 그 후로 어머니는 "아버지 고집을 이기는 고집"이라 하셨지만, 나는 고집이 센 편이 전혀 아닙니다. 그저, 편식이 심할 따름이지요.

평생 편식으로 빚어진 일들이 한두 가지가 아니었습니다. 나는 남들과 밥 먹는 일이 마치 벌서는 일처럼 느껴졌지요(지금도 가끔 그렇습니다). 후각을 상실하고… 지금은 무척 양호해졌습니다만, 표 나지 않게 가리는 음식들이 참 많습니다. 고기 빼고 뭐든 잘 먹을 것 같지만 채소 중에도 먹지 않는 것들이 꽤 많아서 불편합니다.

나는 우동을 먹을 때 뜨겁지도 않은 국물을 후후 불며 먹습니다. 위에 떠 있는 파를 향해 "저리가! 저리가!"를 속으로 외치며 불며 먹습니다. 다 먹고 난 우동그릇은 파만 덩그러니 남아있습니다. 고도의 기술이지요?

"지금 내 모습을 본다면, 편식 좀 한다고 굶어죽지 않는다는 것을 모두들 아실 겁니다.
자녀들에게 강압적으로 음식을 먹게 하는 것은 오히려 심리적 상처만 남길 뿐이고 음식에 대한 편견이 생기게 합니다. 사람들은 어릴 적부터 선호하는 음식과 싫어하는 음식이 있기 마련입니다. 다양한 음식을 제공해 주되, 싫어하는 음식을 억지로 먹게 하지는 마십시오."

지난 번, 부모교육 강의에서 내가 했던 말입니다.

사약도 아닌데 왜 못 먹을까요? 어릴 때는 상상력 때문에 못 먹었습니다. 삐약삐약 병아리가, 움메움메 송아지가 떡하니 고기가 되어 식탁에 올라있다니요. 예쁜 물고기가 지글지글 굽혀서 누워있다니요.
청소년기에는 억지로 먹이려는 가족들에 대한 반항심이 편식을 부채질 했던 것 같습니다. 나는 아직도 정복해야 할 음식들이 참 많습니다. 추어탕. 돼지고기. 소고기국. 삼계탕. 생선 회…. 그런데요, 지금도 가물치 고은 국물은 정복이 안 될 것 같습니다.
상상만 해도 속이 울렁거리는군요. 알약으로 만들어서 꿀꺽 삼키면 또 몰라도요.

...

어릴 적 학교 앞에서 노랑 병아리 몇 마리를 샀습니다. 형제들의 보살핌에 개중 몇 마리는 무럭무럭 자라 중닭이 되었지요. 두어 달 지나니 닭들이 애지중지하던 꽃밭의 화초를 쪼아 먹기 일쑤였고 온 마당은 닭똥밭이 되어 애물단지가 되어버렸습니다. 어느 날, 결국 삐약이는 닭백숙이 되어 저녁 식탁에 올랐습니다.

"엉엉엉~ 삐약아~"

유난히 삐약이를 아꼈던 작은오빠는 눈물콧물을 흘리며 한 그릇을 뚝딱 비웠습니다.

편식이 전혀 없는 작은오빠가 부럽습니다.

해수욕장

　며칠 전, 이웃집 부부와 해수욕을 다녀왔습니다. 그리 넓지도 않은 모래톱엔 사람들로 가득 차 있었습니다. 대부분 꼬맹이들을 데리고 온 젊은 부부들이네요.

　아이들은 구명조끼를 입고 바닷물에 발을 담그고 있거나 작은 삽이랑 각종 장난감을 가지고 모래놀이를 하고 있습니다. 어라? 옆 천막엔 짜장면과 통닭을 시켜 먹고 있네요. 우리가 어릴 때랑은 전혀 다른 풍경입니다.

　어릴 적, 우리도 여름이면 이모 집 식구들과 해수욕장을 가곤했습니다. 연지동에서 머나먼 해운대까지. 때로는 송도 해수욕장까지.

　튜브나 모래놀이 장난감은 고사하고 수영복도 제대로 갖추지 못해 하얀 빤쓰차림이었지만, 모래톱에 서 있으면 파도가 밀려나가며 내 발바닥을 간지럽히는 것만으로도 꺄르륵 거리며 참 재미졌던….

　파도에 밀려 고꾸라지고 짠물을 먹는 것도 재미나기만 했고 모래구멍을 파기만 하면 아래에서 물이 올라오는 것도 신기했었지요.

　아버지의 모래찜질. 나도 따라서 모래찜질!

　다 파 먹은 둥그런 수박껍질을 얼굴에 덮어쓰고 아버지랑 나란히 누워있었지요.

　흙속에 파 묻혀 간질간질 코가 간지러워도 손을 움직일 수 없어 괴로웠지만 그래도 깔깔깔 웃음이 멈추지 않았던 모래찜질의 추억.

　아직도 해가 한참이 남았지만 부모님들은 서둘러 돌아갈 채비를 했지요.

　버스 정류장은 지옥풍경이었습니다. 차가 한 대 들어올 적마다 우르르 몰려든 사람들로 인해 문을 열 수도 없었던 아수라장 풍경! 아버지는 버스 뒤쪽 창문으로 나를 밀어 넣었고, 식구들을 위해 자리를 잡아야 하는 임무를 띤 것도 잊은 채 행여 울 가족들이 버스를 타지 못할까 노심초사하며 창밖을 내다보던 기억…

무사히 버스를 타고 에어컨도 없는 지옥의 만원버스를 타고 집에까지 돌아오면 한밤중이었고, 어른도 아이들도 파김치가 되었던 그 시절의 바캉스!

며칠 후면 콧등이며 어깨는 껍질이 벗어지기 일쑤였고, 서로를 바라보며 "아프리카 새깜둥이~."라고 키득키득 놀려대었던,

해수욕장!

까맣게 기억 저편으로 사라졌었던 어릴 적 해수욕장 추억이 고스란히 살아났습니다.

아버지의 모래찜질.

어머니의 김밥.

긁어먹고 남겨진 둥그런 수박껍질.

발바닥을 간지럽히던 모래톱.

파도에 밀려 고꾸라지면 보글보글 꼬르륵~ 올라가던 기포.

내 발바닥을 꼭 찌르던 조개껍데기.

해초 냄새가 실려 오던 바람결.

넘실넘실 다가오던 파도

지걱지걱 김밥과 함께 씹히던 모래.

아버지의 밀짚모자.

어머니의 꽃무늬 양산.

젊은,

내 어머니와 아버지!

남자친구

학교 다닐 적, 우리 학교에는 참 예쁘게 생긴 여학생이 있었습니다. 나와는 다른 반이었지만 그 친구는 따라다니는 남학생이 참 많다고 소문이 나 있었지요. 내가 볼 때는 그렇게 남학생들이 줄줄이 따를 만큼 크게 예쁜 것도 아닌듯한데 이상스레 남학생들한테 인기가 있더군요.

어쨌든 예쁜 여학생들은 남학생들이 말을 걸거나 하교 길에는 버스에서 집까지 무작정 따라오는 경우가 있습니다. 말 한번 붙여보지도 못할 것을 왜 그렇게 여학생 집까지 따라가는지…. 우리 반 어떤 친구는 남학생들이 자꾸 따라와서 버스 정류장까지 엄마가 마중을 나온다고 했습니다. 속으로 참 부러웠지요. 게다가 남자친구가 있으면 좋은 거지 굳이 엄마가 마중 나와 사이를 끊어 놓을 건 뭐람? 하는 생각을 하곤 했습니다.

예쁘지도 않았고 크게 인기가 있었던 것도 아닌 나였기에 남학생이 관심을 보일 리는 만무했고, 그런 친구들의 얘길 들으며 은근히 부러워했었습니다.

그런 어느 날, 중간고사를 마치고 집에 돌아오는 길. 버스에서 내려 집으로 발걸음을 옮기는데 아까부터 느낌이 이상했습니다. 누군가가 따라오는 느낌이었지요. 기분이 이상해서 발걸음을 멈추면 따라오던 사람도 함께 걸음을 멈추었지요. 큰 맘 먹고 휙 한번 돌아보니 호리호리하게 생긴 내 또래의 남학생입니다. 잔뜩 긴장한 채 집까지 가는 동안 그는 일정한 간격을 두고 나를 따라오고 있습니다. 집은 점점 다가오는데… 그 남학생은 말을 걸 타이밍을 찾지 못했는지 후다닥 내가 대문으로 들어설 때까지 조용히 따라오기만 했습니다.

나는 2층으로 올라가 창틈으로 대문 쪽을 내려다보았지만 정면이 아니라 잘 보이지 않네요. 한참이 지나고 살며시 창을 열었지만 지나다니는 사람들 사이로 그 남학생은 더 이상 보이지 않았습니다.

처음엔 잔뜩 긴장하고 놀랐지만 시간이 지날수록 설레었지요. 어떤 남학생일까. 어느 학교일까. 어디서 나를 보고 따라온 것일까. 여고생들은 대부분 단정하고 새침하며 부끄러움이 많지만, 나는 그런 전형적인 여고생과는 거리가 멀어도 한참 멀었습니다. 그래도 누군가가 나를 쫓아왔다는 사실을 아무에게도 말하지 못했습니다. 나만의 비밀로 몰래 간직해야할 것 같았기 때문이지요.

며칠 후, 버스에서 내 뒤를 따라 내리는 남학생이 있었습니다. 이번에는 제법 자세히 얼굴을 볼 수 있었지요. 정류장에서 집까지 300미터를 온갖 생각에 사로잡혀 걸었습니다. 책방에 들러 참고서를 사야 했지만, 내 발걸음은 집을 향하고 있었습니다. 언제쯤 말을 걸까. 어떻게 대답해야할까. "웃기지 마세요!"라거나 응답을 하지 않는 것은 너무 상투적일 것 같고, "누구세요?"나 "왜 그러세요?"는 관심을 표명하는 것이니 너무 헤픈 대답일 것 같았습니다. 사실은 그런 것보다는 뒤에서 걸어오는 그 남학생에게 내 다리의 알통이 너무 불거져 보이지 않을까, 걸음걸이가 너무 이상하지는 않을까 조심스러워 어색하게 걸었던 기억이 납니다.

그날 저녁, 옆집으로 새로 이사 온 꼬맹이가 팥떡을 가지고 왔습니다. 옆 건물 1층에 곱창전골을 전문으로 하는 식당이 바로 그 여자아이의 집이었지요. 오빠가 이번에 전교 1등을 했다고 자랑을 늘어놓고 갔습니다. 불현듯 나를 쫓아왔던 그 남학생의 얼굴이 스치고 갑니다. 갸름하고 하얀 그 꼬맹이의 얼굴. 숫기 없던 그 남학생의 얼굴과 어딘가 닮아있었지요. 나도 모르게 얼굴이 확 달아올랐습니다.

"그러면 그렇지…."

그 남학생은 나를 쫓아왔던 게 아니라 그냥 자기 집으로 가던 길이었던 겁니다. 아무에게도 말하지 못했던 그 사건 이후로 한동안 비참한 생각에 사로잡혀 지냈던 기억이 있습니다. 마치 바람을 맞거나 거절을 당한 사람들이 느끼는 심정을 이해할 것 같았지요. 속된 표현으로 "쪽 팔린다."는 말이 딱 들어맞는 상황이었지요.

일 년 후, 나에게는 둘도 없는 남자친구가 생겼습니다. 바로 옆집의 그 남학생이었지요. 숫기 없고 공부만 하던 그 남학생이 나에게 수작을 걸었을 리는 만무하고, 어찌된 일일까요?

집과 식당을 겸하고 있었던 그 남학생의 가정형편상, 방과 후에 공부할 방이 없었던 그 친구에게 어머니가 공부방을 내어 주었기 때문입니다. 마침 군대 간 큰오빠 방이 비어있었거든요. 알고 보니 우리는 초등학교도 동창이었고, 그는 작은오빠의 고등학교 후배였습니다.

우리는 문제집을 과목별로 반씩 사서 나누어 사용했고, 그 친구가 새벽에 나를 깨워주고 잠이 들면 내가 아침에 그를 깨워주며 학창시절을 보냈습니다. 우리는 그렇게 둘도 없는 친구가 되었지요. 이성에게 느끼는 설레임은 더 이상 없었지만 친한 친구에게 생기는 우정이 생겼습니다. 성적이 떨어지면 서로 걱정해주고, 대학을 가기 전에는 서로 진로에 대해 얘기하고….

오늘은 오랫동안 잊고 있었던 그 친구가 문득 생각납니다.

사춘기에 건전하게 남자친구를 사귈 수 있었던 것은 나에게 참으로 큰 행운이었던 것 같습니다. 문제집을 먼저 사용하고 나면, 지우개로 깨끗하게 지워서 나에게 가져다주었던 친구.

그 친구 이름은 한인구입니다. 보고 싶다. 인구야. 어디서 무얼 하며 살고 있는 거니? 부모님은 안녕하신지⋯. 지금쯤은 결혼해서 가장이 되어있겠네. 언젠가 꼭 한번 다시 보자꾸나.

미스테리 학문

내 삶에서 최대의 미스테리는 수학입니다. "숫자!" 그 이름만 들어도 가슴이 벌렁거릴 지경이어서 가히 숫자 공포증이 아닌가합니다.

내 나이 다섯 살, 읽고 쓰기는 물론이요 작은오빠도 헤매던 구구단을 술술 외더랍니다. 집안에 드디어 영재 한 명 난 줄 알고 기뻐하며 여섯 살에 입학을 시켰다네요.

과연, 받아쓰기는 늘 백점이었지만…. 그놈의 덧셈이 문제였네요.

2+3=23, 3+7=37, 8+9=89…. ㄱ + ㅏ = "가"가 되듯이 영이와 철수를 더하면 영이철수가 되어야지 2+3이 뜬금없이 5가 되는 이유를 알 수가 없었습니다.

덧셈도 이해가 되지 않는 판에 남들은 뺄셈을 하고 있었습니다. 선생님 설명을 그때보다 더 열심히 들었던 적은 없었던 듯한데….

7-3=7, 13-9=13, 9-6=9, 36-24=36….

나의 덧셈 논리를 이해하셨던 아버지도 내 뺄셈의 논리는 이해하지 못했습니다.

7-3=7. 7에서 3을 지우면 7이 남습니다. 13-9=13. 13에서 9를 없애면 13만 남지요? 자… 그러면 나머지 뺄셈도 마저 해보시기 바랍니다. 참 쉽지요? 정답이 아니라서 탈이긴 하지만.

그 후로 나타난 곱셈과 나눗셈은 어떤 내 논리로도 통하지 않는 어렵디 어려운 문제더군요. 요단강도 아닌데 ' = '를 건너가면 더하기가 빼기가 되고 곱하기가 나누기가 되는….

오른쪽과 왼쪽은 또 얼마나 헷갈리던지… 선생님은 왼손을 들고 (마주보고 있으니) 우리보고 오른손이라 하더군요. 키가 작아 젤 앞에 앉아서 하는 족족 거꾸로 하니까 다정하게 다가와서 "밥 먹는 손이 오른손"이라고 가르쳐주셨죠. 그날 저녁부터 한 며칠간 왼손으로 밥을 먹었던 것 같습니다.

수학 공부를 게을리 했냐구요? 고백하건데 초, 중, 고등학교를 통틀어 그 어떤 과목보다 열심히 공부했던 과목이 바로 수학입니다. 해마다 방학이 되면, '정석'과 '해법수학'을 펼쳐 놓고 제1장 '집합과 명제'를 공부했습니다. 유레카~! 드디어 내가 통달한 유일한 단원이었지요. 제1장을 끝내면 방학도 더불어 끝이 났지만….

그동안 용케도 0점은 면해왔건만 고등학교 3학년 때, 드디어 올 것이 왔습니다. 그날따라 1, -1, ∅, 0, 루트1 등등… 자주 정답으로 등장하는 애들을 고심하여 써 넣었건만 배열이 잘못되었는지 요리조리 피해가고 만화 주인공들이나 받던 빵점을 내가 받고야 말았습니다. 고등학교 3학년 1학기 중간고사에.

솔직히 고등학교 교과서에 있는 요상한 기호와 부호들… 남들은 더 이상 이름도 기억 못하더니만, 열심히 수학만 공부했던 나는 지금도 모두 기억합니다. 펙토리알(!), 콤비네이션(C), 시그마(가끔 마그마랑 무슨 관계인지 궁금했습니다), 인테그랄($\int$) 등등…. 그런데 걔네들이 뭐하는 애들인지는 지금까지 미스테리입니다.

피타고라스는 살아생전 정리정돈을 참 잘하고 살았나봅니다. 오늘날까지 '피타고라스의 정리'를 가르치고 배우는 것을 보면. 내 방 꼬라지를 보면, 내가 그의 정리법을 이해했을 리 만무합니다. 고대 로마

시절 사람들은 그렇게도 할 일들이 없었는지 왜 그렇게 온갖 수식과 법칙과 정리를 만들고 기뻐했는지 이해가 안갑니다.

빵점을 받은 이후로 나는 전략을 바꾸어 빵점을 피하는 방법을 연구했습니다. 가장 간편한 방법은 같은 번호로 줄줄이 써넣는 것이었지요.(주로 '3', 아니면 '다') 단답식의 경우는 정답으로 자주 출현하는 애들(1, -1, ∅, 0, 루트1)가운데 한 가지로 통일해서 쓰는 방법이 안전합니다. 수학선생님의 논총은 따갑더라도.

내가 대학에 갈 수 있었던 것은 조상이 돌봤거나 아니면 내가 전생에 나라를 구했거나 둘 가운데 하나일겁니다. 그 해 대입 학력고사는 수학이 역대 최고로 어렵게 출제되었거든요. 게다가 '집합과 명제'가 두 문제나 출제되어… 무려 일곱 문제나 맞혔습니다.

서울대학 간 친구랑 학력고사 총점수가 맞먹었는데, 처음으로 내신 성적이란 게 도입되었던지라 서울대학은 못 갔네요. 하긴, 우리 집에서 너무 멀어서 못 간 것도 이유지만요. 나에게 수학이 미스테리였다면, 우리 수학 선생님의 미스테리는 내가 대학에 들어간 것이랍니다.

나는 지금도 산수를 못합니다. 한 자리 덧셈은 그나마 조금 나은 편이고 뺄셈은 재빨리 핸드폰 계산기를 꺼냅니다. 누가 내 나이를 물으면… 해마다 변해서 더욱 헷갈립니다. 나이도 숫자 아니던가요? 간편하게 생년월일 대줍니다. 태어난 이래로 한 번도 변하지 않은.

산수를 못해 가끔씩 착오가 생기기는 해도 여태껏 큰 불편은 없었던 것 같습니다. 계산은 가게 주인이 알아서 할 터이고(대부분 똑 부러지게 정확합니다) 혹시라도 잔돈을 덜 받았다 해도 내가 모르면 그만이지요.

삥땅!

불어 같기도 하고 속어 같기도 한 이 단어를 처음 접한 것은 내가 중학교 적 신문 기사를 통해서였습니다. 차장 언니들의 삥땅 사건과 몸수색 사건이 연일 화제가 되었더랬지요. 일찍이 삥땅의 의미를 알게 되었지만, 정작 본격적인 삥땅을 시작한 것은 대학 1학년 2학기 때부터입니다.

우리 집은 세 명이 한꺼번에 대학을 다녔던지라 부모님은 등록금과 책값만 대 주겠다고 하셨고 일체 용돈은 없다고 선언하셨습니다.

하필이면 대학생들의 과외가 금지되었던 시절이라 오빠들은 방학이면 군고구마장사를 하거나 해운대 해수욕장에서 장사를 하기도 했지만 변변치 못했었지요. 그때만 해도 요즘처럼 아르바이트 자리가 흔하지 않았네요. 나는 친척 아이들을 몰래 가르치는 이른바 '몰래바이트'를 했었습니다.

내게 돈이 생기는 날이면 어김없이 큰오빠에게 전화가 옵니다. "남포동 천지집인데… 술값 좀 갖고 나온나." 그날은 늘 돈 없다고 개기던 작은오빠도 불려와 있었습니다. 복학한 이후로 하루가 멀다 하고 술을 퍼 마셨던 큰오빠…. 첫사랑 그녀가 군대 간 사이 고무신을 거꾸로 신은 게 원인이었죠. '사슴 눈'을 닮았다던 첫사랑 그녀 얘기가 '새로 소개 받은 그녀' 얘기로, 다시 '데이트 비용' 얘기로, 끝내는 '용돈' 얘기로 흘러갔네요.

"니는 새꺄 삥땅을 쳐도 양심 있게 해라. 어째 책장에 전공책 한 권이 없냐?" 돈이 없다면서도 늘 비자금을 꿍쳐 두었던 작은오빠를 향해 혀 꼬인 큰오빠의 일갈이 시작되고…. 나는 늘어가는 술병과 내가 가져온 돈을 저울질하느라 바빴었지요.

그날의 술자리는 결국 오빠들의 책값 뺑땅 노하우를 전수받은 계기가 되었답니다.

작은오빠는 책을 사지 않고 친구 책을 보여드린 뒤, 필요한 부분만 복사를 해서 썼고, 큰오빠는 책 뒷표지의 가격표를 비싼 책과 바꿔치기하는 진부한 방법을 썼으므로 여러모로 작은오빠의 잔머리가 한 수 위였습니다.

부모님 형편을 생각해서라도 뺑땅 상한선을 만들어야한다는 큰오빠의 주장은, 효자라서가 아니라 자기보다 훨씬 많은 작은오빠 뺑땅금에 대한 불만이었지요. 더불어 그때가지 책값 뺑땅의 세계를 몰랐던 나에게는 새로운 황금 방망이가 생기는 순간이었습니다.

70년대 말, 80년대 초, 학교 앞은 복사점 천국이었죠. 작은오빠는 4년 내내 몇 장의 복사물로 버텼고 큰오빠는 보수동 책방골목에서 산 케케묵은, 제목만 같은 전공서적 몇 권으로 버텼습니다. 하긴, 데모 때문에 휴교를 한 날이 학교를 다닌 날이랑 맞먹을 정도였으니 책이 그리 필요하지도 않았던 시절입니다.

그러던 어느 날, 나에게 엄청난 뺑땅의 기회가 찾아왔습니다. 3학년 2학기, 처음으로 장학금이 나왔다는 조교언니 전화를 내가 직접 받게 된 것이지요. 지금처럼 장학금이 등록금에서 제하고 나오던 시절이 아니었기에 나는 그동안 터득한 뺑땅 기술을 총 동원하여 용의주도하게 등록금을 가로챘습니다.

22만 4천 원! 몇 만 원의 책값 뺑땅과는 차원이 다른 범죄였지요. "오빠들도 졸업했다. 괜찮다…. 괜찮다…." 혼자 속으로 달래가면서 서면 지하상가로 향했습니다.

거금을 뺑땅한 것은 오래전부터 눈독을 들여 놓았던 캐논 8㎜ 무비 카메라 때문이었습니다. 장차 영화감독이 된답시고 줄창 써클 룸에서 침 튀기며 영화토론을 했었고 장 뤽 고다르가 단숨에 무릎을 꿇을 아방가르드 영화도 만들었네요.

하지만 영사기가 없으면 애써 찍은 필름들을 볼 수가 없었던지라 그 다음 학기엔 눈에 불을 켜고 공부를 했지요. 지도교수님 찾아가서 '집안 형편' 운운하며 죽는 소리로 연막을 친 결과, 다음 학기도 장학금을 받았습니다(장학금 나오는 기간에는 아예 학과 사무실에 진을 치고 기다렸습니다). 덕분에 나는 꿈에 그리던 엘모 영사기도 사게 되었지요.

나의 간 큰 뻥땅질은 완전범죄였답니다. 적은 돈이 아니었기에 졸업한 뒤에도 입을 봉했죠. 아버지 생신 때 찍었던 필름, 작은오빠 결혼식 때 찍었던 필름, 여행 하며 찍었던 필름…. 현상도 하지 않은 갖가지 필름들이 어디엔가 있지 싶네요(8㎜필름은 한국에서 현상을 할 수 없어 일본에 보내야합니다). 참! 30분짜리 영화도 하나 만들었지요. 영화제에 출품했다가 보기 좋게 미역국 먹은….

뻥땅의 증거물들을 나는 아직도 버리지 못하고 있습니다. 뻥땅의 증거물이기도 했지만, 젊은 날 내 꿈의 증거물이기도 했기에….

…

요즘은 핸드폰으로도 훌륭한 동영상을 얼마든지 찍는 시대가 되었습니다. 3분짜리 무성 코닥크롬 필름을 불빛에 비춰가며 잘라 붙여 편집하던 때와는 다른 시대를 살고 있네요. 컴퓨터로 동영상 편집 프로그램을 사용하기도 해봤지만 옛날처럼 신기하지도 재미있지도 않은 걸 보면, 이젠 꿈을 잃은 늙다리가 되었나봅니다.

미팅

요즘은 소개팅이 대세라지요? 예전처럼 주선자가 자리하지 않아도 처음 보는 자리에서도 지네들끼리 거리낌 없이 진도가 나갑니다. 이젠 소개팅도 주선자가 필요하지 않은 듯합니다. 그냥 전화번호만 따면 다 해결이 되니까요.

30년 전만 해도 주선자가 꼭 필요했던 미팅… 주로 한쪽이 4명이나 5명이었죠. 주선자가 미팅에 낄라치면 왜 그리도 다들 눈치를 주던지….

(니네가 누구 덕분에 미팅을 하는 건데, 흥!)

오빠들이 둘이나 있었던 덕에 나는 대학 4년 내내 미팅 주선을 해야 했고, 내심 이를 기뻐하던 학우들은 4년 내내 학과 대표로 뽑아주더군요. 하지만 나랑 7살 터울 진 복학생 큰오빠와 그 떼거리를 주선하는 일은 쉽지 않은 일이었습니다. 군대 간 사이에 첫사랑 그녀가 고무신을 거꾸로 신은 뒤, 울 큰오빠 애인을 구하는 일은 '라이언 일병 구하기'보다 더한 숙제가 되었습니다.

학교 앞 갈채다방은 단체미팅의 명소로 자리 잡았죠. 사다리 타기나 제비뽑기로 파트너를 정하던 진부한 미팅 방법이, '엘리베이트팅', '007미팅', '피보기 미팅' 등등 각종 기발한 미팅 방법으로 진화를 하기 시작했지요.

'엘리베이트팅'이란 이런 겁니다. 각 층에 남자 파트너가 한 명씩 서 있습니다. 여자 파트너들도 각자 층을 정하고 엘리베이트를 타고 올라갑니다. 3층! 쩡~ 문이 열리면, 남자가 보입니다. 문이 열려있는 몇 초 동안 남자의 외모를 스캔하고 맘에 들면 내리고, 맘에 들지 않으면 문이 닫히면서 그대로 타고 올라가 버리는… 여자들에게 극히 유리한, 다소 잔인한 미팅 방법이었습니다.

'피보기 미팅'은 더욱 잔인한 방법으로 남자 파트너가 여자 수보다 한 명 더 나옵니다. 여학생들은 순번을 뽑고 차례로 남자를 선택하지요. 젤 마지막에 선택받지 못한 한 명에게는 100원씩 추렴해 주고 자리를 떠났던….

잔인한 것을 싫어하는 나는 '엘리베이트팅'이나 '피보기 미팅'은 해본 바 없고, '007미팅'은 주선해 본 적이 있네요. 큰오빠는 거지떼처럼 늘 우리 집에서 개기던 친구들이 아니라 군대에서 알게 된 "쌈빡한 놈"이라며 나도 꼭 끼라고 해서 꽃단장 하고 나갔건만….

'007미팅', 일명 '제임스본드 미팅'이란 시간과 만날 장소를 정해놓고 여자 파트너가 그 장소에 나가면 암호를 정해두고 만나는 것이었지요 (그날 접선암호는 유행가 제목이었는데 기억이 나질 않네요). 남자 파트너들은 신문지를 돌돌 말아 옆구리에 끼고 가야했지요.

미화당 백화점 앞 우체통, 86번 버스 정류장, 고려당 빵집 앞…. 우리는 각기 맘에 드는 장소를 선택하고, 정해진 장소로 나갔습니다. 내가 정한 장소는 남포동 86번 버스 정류소였죠. 가는 길에 보니 미화당 백화점 앞에는 꽤 잘생긴 ROTC 한 명이 서 있더군요. 아깝다….

애휴~ 남포동의 저녁시간. 육교 아래 버스 정류소에는 사람이 너무 많아 급 후회하고 있던 찰나… 신문지를 돌돌 말아 끼고 있는 짜리몽땅한 아저씨 한사람이 보였습니다. 은하철도 999에서 방금 내린 철이 같았죠. 철이랑 너무도 닮아 내가 먼저 아는 체 할 뻔했네요. 철이를 모르신다구요? 인터넷 검색해서 그분의 초상화를 확인해보시길….

외모야 그렇다 치고, 연식이 한참이나 오래된 분이었지요.

고려당 앞에서 만나기로 했던 팀들은 남포동 부근에 고려당이 두 군데여서 파토가 났고 주선자들은 엄청난 항의에 시달려야했죠. 후문에 의하면 그날 내 파트너는 주선자의 삼촌이었다나요?

큰오빠 친구들과 미팅을 주선하면 내 친구들의 항의는 극에 달하므로 반드시 위로차원에서 작은오빠 친구들과 미팅이 이어졌습니다. 작은오빠 친구들은 몇 명만 제외하면 다소 깔끔한 외모와 매너를 가지고 있었기 때문이죠. 문제는 공대생들이라 의사소통 능력이….

다년간 주선을 해본 결과, 주선자가 오빠라는 사실을 밝히면 엄청난 후폭풍에 시달리므로 그날도 "아는 오빠"의 주선이라며 친구들과 미팅에 나갔죠. 외모도 성격도 전혀 닮지 않은 작은오빠였기에 안심하고 나갔더니만 사다리 타기에서 우리 두 사람이 파트너가 되었다는….

펄펄 뛰며 이번엔 두 사람이 맺어질 염려가 없는 '물건 잡기'로 다시 파트너를 정했죠(오빠의 물건들은 익히 아니까…).

도장, 만년필, 새까맣게 때가 낀 빗, 라이터….

우리는 새로 맺은 각자 파트너에 만족했고 그 후로 그날 미팅에서 만났던 네 쌍 가운데 두 쌍이 결혼을 했다지요? 나는 요즘 같은 과 학우였던 내 친구를 "올케."라고 부르며 삽니다. 나머지 한 친구도 깨가 쏟아진다하고…. 그날 내 파트너는 딴 데서 만난 간호사랑 결혼해서 잘 먹고 잘 산다하더군요.

작은오빠보다 곱절은 더 미팅을 많이 했었던 울 큰오빠는 미팅만 다녀오면 "옥떨메였다."는 둥, "모가지가 너무 짧아 하늘 보기는 틀린 여자"라는 둥, "영~ 니주그리 송판이었다."며 신조어까지 만들어 붙이기도 했지요. 큰오빠와 그 친구들은 늘 '어리고 예쁜 여자'를 원했지만, 두 조건을 다 들어주기엔 불가능한 상거지떼들이었습니다. 최대한 깔끔하게 입고 간 복장이 플라스틱 슬리퍼에 예의상 흰 양말을 신고 간 정도이니.

상황이 이러다 보니 두 번 이상 만남이 이루어지는 경우는 귀를 씻고 들어도 없었던 것 같네요.

그래서 울 큰오빠는 어떻게 되었냐구요? '사슴 눈'을 닮았다던 첫사랑 그녀 타령을 삼년 반 동안 하더니, 그 여자보다 쬐끔 더 예쁜 눈을 가진 여자랑 결혼했답니다.

그러고 보니 조카 미팅자리에 양심 없이 은근슬쩍 껴서 나왔던 그때 내 파트너 아저씨도 이젠 60을 훌쩍 넘겼겠네요.

만화방

우리가 살던 대신동 3층 집에는 1층에 가게가 둘 딸려 있었습니다. 우리는 두 가게에 세를 놓거나 하숙을 해보기도 했지만 아이들 학비와 생활비로는 역부족이었습니다. 학교가 멀지 않은 위치였기에 우리는 문방구를 하기도 했습니다. 과수원집 아이들은 썩은 과일만 먹는다더니, 나는 문방구를 한 탓에 학용품을 무척 아껴 썼던 기억이 있습니다(아직도 A4용지가 아까워서 웬만하면 이면지를 쓰곤 합니다).

큰오빠가 군대를 마치고 전역했을 때, 양장점이었던 옆 가게를 그만 정리하겠다며 찾아왔네요. 당시에는 한 집 걸러 하나가 양장점이었지만, 기성복이 자리를 잡으면서 양장점들이 사양길에 접어들었던 시기입니다. 양장점 아줌마는 남편과 함께 미국으로 건너가기로 했다 합니다.

"절대 안 돼!"

그날 저녁 안방에서 격앙된 아버지의 목소리가 흘러나왔습니다. 좀처럼 언성을 높이지 않았던 울 아버지, 만화방을 해보자는 큰오빠의 제의에 그만 뚜껑이 열리셨지요.

다음 학기 복학까지는 수개월이 남은 터라 일자리를 찾던 큰오빠는 가게 위치로 보나 당시 트랜드로 보나 만화방을 하면 꽤 짭짤하겠다고 생각했지요. 부모님은 "점포 세 놓습니다."라는 문구를 전봇대마다 붙이라고 했지만 큰오빠는 끝내 만화방을 고집하며 보수동 책방골목을 누비고 다녔지요.

한 달 뒤, 결국 큰오빠의 고집으로 문방구 옆 가게는 만화방이 되었습니다. 아버지는 일체 큰오빠와 말을 섞지 않으셨으며 불편한 몇 달이 지나가고 있었습니다.

두어 달이 지났을 때, 만화방의 매상과 문방구의 매상은 엄청난 차이를 보이고 말았지요. 그나마도 문방구는 원가를 제하고 나면 남는 돈이 고만고만이었다면 문방구 매상의 족히 세 배 매상을 올렸던 만화방은 원가도 그리 들지 않는 땅 짚고 헤엄치는 장사였습니다. 이듬해 큰오빠가 복학을 할 무렵엔 문방구를 접고 두 가게를 터서 대형 만화방으로 변신했습니다.

각종 무협지, 추리소설, 하이틴 로맨스 시리즈들도 갖춰져 있었고 당시엔 보기 드문 넓고 깨끗하고 안락한 시설로 자리 잡았죠. 때마침 유행하기 시작한 이현세의 외인구단, 고우영의 삼국지 등으로 이른바 만화 전성시대가 열렸습니다. 우리 형제들이 무사히 대학을 졸업할 수 있게 된 것은 그 만화방 덕분이었지요.

우리 집에서 늘 무협지를 빌려가던 남자아이. 그 아이를 뜬금없이 교양법학 강의실에서 만났습니다. 치의대생이더군요. 고등학교 3학년 때 그렇게도 무협지를 읽어대더니 치대를 가다니요? 무협지만 아니었으면 아마 서울대학 가지 않았을까 싶네요. 나는 그 남학생 이름과 전화번호를 알고 있었습니다. 무협지를 빌려가서 사흘 이상 가져오지 않으면 전화로 독촉해야 했으니까요. 15권의 무협지를 어떻게 사흘 만에 읽을 수 있을까… 했더니만, 한 페이지에 글자가 몇 자 없더군요. "으하하하.", " 휘이이잉~ 우르릉 쾅쾅!" 등 주로 의성어와 의태어로 가득 차 있던 무협지. 마니아들이 많아서 인기 작가 작품은 차례를 기다리는 사람들이 줄을 섰지요.

최근 부분 틀니를 한 울 큰오빠는 치과에 갔다가 낯익은 원장을 만

났다네요. 요즘 두 사람이 친하게 지난다는 소문입니다.

우리가 독립할 때까지 그 만화방은 우리 집의 주요한 수입원이었지요. 휴일도 없고 명절도 문을 열어야하는 것은 문방구나 마찬가지였지만 참 고마운 가게였습니다. 하지만 음식물은 일체 팔지 않았답니다. 아쉽게도….

오빠 친구

내가 대학에 입학했을 때 큰오빠는 3학년 복학생이었고, 작은오빠는 4학년이었으므로 우리는 함께 대학을 다녔습니다.

오빠 있어서 부럽다던 친구들…. 하지만 오빠도 오빠 나름입니다. 나만 보면 상큼한 애 없냐며 눈을 찡긋거리던 큰오빠와 그 떼거지들은 누가 봐도 상거지들이었고 늙다리 복학생들이었습니다. 내 친구들에게 전화가 오면 "혹시 언니 없냐?"고 너스레를 떨던.

주선자의 고충을 아시는지 모르겠지만, 큰오빠 친구들의 미팅을 주선하고 나면, 친구들은 "온갖 쓰레기들을 종류대로 모아왔냐." 했고, 작은오빠 친구들의 경우엔 "어디서 그런 찌질이들을 데려 왔냐." 소리를 들었지요. 그래도 '찌질이들' 가운데 내 친구랑 결혼을 한 이도 서너 명이나 되고 그 중 한 명은 그 틈에 섞여 있던 울 작은오빠네요.

오빠 친구들은 오빠가 있든, 없든 우리 집에서 개기기 일쑤였고 어떤 날은 큰오빠 친구랑 작은오빠 친구가 지네들끼리 부엌에서 라면을 끓여 먹고 있었던 적도 있네요. 우리 집은 오빠 친구들의 아지트였고 방에는 무협지와 만화책이 수북이 쌓여있었지요. 방문을 열면 남자 냄새랑 담배 냄새랑 꼬랑꼬랑 발 냄새가 뒤섞인 요상한 냄새가 나곤했네요.

어머니 장례식 날 음식을 나르고 있는데 큰오빠가 부릅니다.
"자아~ 오랜만인데 서로 인사하지. 울 학교 법대 교수다."
생전 처음 보는 아저씨를 앞에 두고 오랜만이라며 인사를 시킵니다.
'누구신지…?'라는 내 표정을 보더니, 내 첫 미팅 파트너랍니다.

남들은 첫사랑 그이가 어디메서 무얼 할까 그리워도 하는데, 나는 내 첫 미팅 파트너 얼굴까지 다시 보게 되고, 나랑 꽤 사귀었던 작은 오빠 친구는 간호사랑 결혼해서 잘 먹고 잘산다하니⋯ 그리울 겨를 도 없이 대학시절 스치고 지나간 남자들의 소식들을 여러모로 접하 고 삽니다. 대학을 다니는 4년 내내 오빠들과 그 친구들을 피할 수 없었던 나는 제발 오빠들이랑 인연이 닿지 않는 먼먼 곳에 가서 살아 야겠다는 큰 결심을 하게 되었지요.

20년 전이었던가요? 김포공항에서 오빠 친구를 만났습니다.

비행기를 타기 전 앞줄에 서 있던 그 사람과 눈인사를 나누었는데, 큰오빠 친구인지 작은오빠 친구인지 기억이 가물거렸습니다.

"오빠! 요즘은 집에 놀러 안 오시네요?"

"네에. 요즘 좀 바빠서⋯."

오빠 친구도 이젠 나이가 들어서인지 나에게 존대를 하더군요.

"언제 한번 놀러오세요. 어머니도 반가워하실 거예요."

그런데 여전히 그 사람이 큰오빠 친구인지 작은오빠 친구인지 헷갈 립니다. 언제나 슬리퍼나 고무신을 신고 다니고 문전박대 패션을 자 랑하며 다니던 대학 시절의 큰오빠 친구들과 달리 말쑥한 차림이 되 어서인지⋯ 어쩌면 하나같이 빈대기질이 다분했던 작은오빠 친구인지 도 모릅니다.

그날 저녁 집에서 TV를 보다가 나도 모르게 비명을 질렀습니다. 공항 에서 만나 오빠 친구라고 믿었던 사람은 개그맨 이홍렬 씨였습니다.

TV에서 늘 보던 사람을 아는 사람이라고 믿는 것. 나만 그런가요?

어쨌든 그분은 아직 우리 집에 놀러오지 않았습니다.

길몽

어느 날 낮잠을 자던 새언니가 심상찮은 꿈을 꾸었답니다. 그동안 한 번도 꿈에 보이지 않던 아버지가 마침내 새언니의 꿈에 나타나셨다는 겁니다(살아생전 얼마나 돈독한 시아버지와 며느리 사이였던가요!).

뜻 모를 숫자를 자꾸 반복해서 불러 주셨다는데…. 너무도 생생하여 일어나자마자 노트에 적어 두었다는 게 아닙니까!

누가 생각해도 길몽 중에 길몽이라 큰오빠는 새언니의 손을 덥석 잡았습니다.

때는 주말 오후. 그것도 여섯 시가 거의 다 되어가니 두 사람은 9회 말 투아웃에 안타를 친 심정으로 인근의 복권방으로 냅다 달렸답니다.

생전 처음 사보는 로또!

무조건 10장을 사들고 구석자리에 앉아 노트를 꺼내들었지요.

67. 85, 53, 97….

암만 눈 닦고 들여다봐도 써 넣을 칸이 없습니다(눈치 채셨나요? 로또 번호는 49번까지만 있습니다).

꿈에서 불러 준 번호를 조합해서 어렵사리 10장을 전부 채웠는데 전부 꽝이었다는 소문이….

왜 그걸 몰랐을까요?

살아생전 꿈이 좋으니 나쁘니를 전혀 믿지 않으셨던 아버지였는데~.

첫 출근하던 날

1986년 3월. 내가 첫 발령을 받은 곳은 포항 인근의 바닷가에 있는 6학급의 작은 초등학교 병설유치원이었지요. 발령장을 들고 교무실로 들어섰을 때, 나는 혼자가 아니었습니다. 매사에 못미더운 막내딸의 첫 출근에 동행한 아버지와 함께였으니까요.

신입 교사들 가운데 더러는 교장 선생님인 줄 알고 정중히 인사를 한 사람도 있었지요. 일일이 동료 교사들에게 자식의 모자란 점 나열해가며 잘 부탁드린다며 인사 나누실 때는 쥐구멍이라도 있더라면 싶었습니다.

올망졸망 나를 기다리던 꼬맹이들은 놀랍게도 40명이었습니다. 1학년보다 더 많은 숫자였지요. 지금도 첫 발령 때 만났던 꼬맹이들의 이름이 새록새록 떠오릅니다. 한 명 한 명 이름을 불러주다가 복도에서 내 모습을 지켜보는 아버지와 눈길이 딱 마주쳤습니다. 장학지도를 나왔을 때 하나도 떨지 않았지만, 첫 출근 날 내 수업을 지켜보시던 아버지 때문에 식은땀을 흘렸던 기억이 새롭습니다. 첫 출근하던 날 하루가 너무도 길어 교무실 벽시계가 고장 난 줄 알았었지요.

아버지는 교장선생님을 만나 나에게는 다른 업무를 두 배로 주더라도 절대로 숫자와 관련된 업무를 주지 말라고 당부하시고 가셨다합니다(매 시간마다 한 대씩 버스가 있었으므로 아버지는 점심도 굶고 늦은 오후에 학교를 나서셨지요).

어느새 내 교직 경력이 30년이 넘었습니다. 첫 발령 받은 날이 바로 어제 같은데….

"교수님 OO 유치원에 3월부터 출근하게 되었습니다. 그동안 많은 가르침과 보살핌에 감사드립니다."

취업을 앞둔 제자들에게서 앞 다투어 문자가 오네요.

해마다 3월이면 유치원 교실은 전쟁터입니다. 난생처음 엄마랑 떨어져 교실이 떠나가라 울고 있는 꼬맹이. 꼬리에 꼬리를 물고 울음이 전염되면 꼬맹이들의 울음보 합창이 햇병아리 교사마저 함께 울고 싶게 하지요.

어디서든 듬직하게 잘 하리라 여겨지는 제자들도 있지만 첫 발을 내디디는 제자들 가운데는 아슬아슬 간당간당 어쩐지 노심초사하게 만드는 녀석들도 있습니다. 30여 년 전, 어설프고 서투른 내 모습이 그랬던 것은 아닐까요? 막내딸의 첫 출근에 따라나섰던 울 아버지. 막내딸 사랑이 지극하다 못해 극성스럽다 생각했지만 이제야 당신마음을 헤아리게 됩니다.

첫 직장에 발을 내딛는 제자들. 나의 노파심에도 불구하고 모두들 멋진 교사가 되리라 믿습니다. 아마 그들도 처음 맡은 학급 아이들의 이름을 수십 년이 지나도 잊지 못할 것입니다.

사라진다는 것

우리 동네 사진관이 사라졌습니다. 해마다 찍었던 가족사진도 그 사진관이 사라지면서 영영 멈추었지요. 우리 집 건너편 전파사도, 엘 피판과 음악 카세트를 팔던 레코드사도, 양장점도 구두수선 가게도 차례로 사라졌습니다. 동네마다 하나씩 있었던 쌀집, 방앗간, 책방도 이젠 찾아보기 어렵지요.

세월이 흐르면서 자연스레 주변 것들이 하나씩 사라져 가지만 금방 눈치 채지 못할 때도 있습니다. 하지만 사랑하는 사람이 사라지면 한 동안 마음앓이를 하게 되지요. 애인과 이별하고 겪게 되는 마음도 이와 다르지 않을 것입니다.

어머니가 가시고 난 후 나는 긴 애도기간을 거치고 있는 느낌입니다. 심리적으로 이런 애도기간을 거치는 것은 정상적인 현상이며 상실의 감정을 치유하는 과정으로 간주합니다.

대학원을 다니던 무렵 나에게는 친한 친구가 한 명 있었습니다. 책을 서로 빌려 읽거나 함께 술을 마시며 이런저런 세상사를 얘기하던 무척 친한 친구였지요. 동갑내기였던 우리는 술을 마셔도 늘 얘깃거리가 넘쳐났지요. 내가 바쁠 때면 내 과제물을 대신 해주기도 하고, 덕분에 생긴 시간으로 이리저리 함께 여행을 다니기도 했습니다.

"나는 독일로 유학을 갈 예정이야."

연구소에 다니던 그는 독일 유학 계획을 꺼냈습니다. 나는 졸업을 앞두고도 딱히 미래에 대한 계획이 없었던 터라 막연히 독일 유학을 떠올려보았습니다. 중학교 적 읽었던 전혜린의 책이 스치고 가면서 나는 어느새 안개 낀 슈바빙 거리를 거니는 상상을 하고 있었지요.

지글지글 오징어 불고기를 구우며 소주 두 어병을 말끔히 비우고 우리는 인근의 다른 술집으로 향했습니다. 40대 정도로 보이는 술집 주인 여자는 우리에게 나이를 물어보더니, "옥상에서 떨어져도 안 아플 나이."라며 공짜 안주를 내왔습니다. 감기 기운이 있다는 그에게 감기엔 알코올이 명약이라며 인근의 술집이 모조리 문을 닫을 때까지 술을 마셨네요.

그날 헤어진 이후 일주일이 지나도록 그에게 연락이 없었습니다. 나는 은근히 자존심이 상해 매일저녁 전화기만 노려보았네요. 2주가 지날 무렵부터는 잔뜩 화가 나 있었습니다. 그러고도 내가 먼저 전화를 하지는 않았지요.

보름이 지난 무렵 내가 받은 전화는 그의 죽음을 알리는 전화였습니다. 놀라지도 않았고 슬퍼하지도 않았으며 그저 믿어지지 않을 뿐이었습니다. '죽음'이란 소설이나 영화에서만 존재했고 내 삶에서는 존재하지 않는 것이었으니까요.

병원에서도 감기인 줄 알았던 그의 증상은 '렙토스피라'였고, 병명이 밝혀졌을 무렵엔 이미 패혈증으로 손쓸 도리가 없었다 했습니다. 전방 지역도 아니고 풀밭 하나 없는 도심에서 걸릴 수 있는 병은 아니었지요. 그 친구는 늘 풀밭에 누워 하늘을 바라보면 근사한 선물을 받는 느낌이라 말했었지요.

추석 성묘 갔던 날, 그는 풀밭에 누워 하늘을 바라보았고 '렙토스피라'라는, 들쥐가 주고 간 선물을 받고 떠나가 버렸습니다.

그가 떠나고 한 달이 지난 무렵 나는 우체국이 내려다뵈는 다방에 앉아 문이 열릴 때마다 들어오는 손님들을 쳐다보고 있었습니다. 그렇게 빈껍데기로 겨울방학을 맞고, 문득 잠에서 깬 사람마냥 아파트를 정리했지요. 방안을 가득 채운 책들은 큰오빠네로, 아끼던 4벌식 타자기와 가전제품은 결혼을 반대하자 집을 나가버린 불문과 후배에게로, 애지중지하던 전축과 LP판들은 단짝 친구에게로… 그렇게 내가 가진 모든 것들은 커다란 여행가방 하나로 정리되었습니다.

사라진다는 것을 받아들일 수 없었고 믿을 수도 없었던 나는 내가 아는 방법으로 스스로 사라졌습니다. 가족들을 제외한 모든 친구들과 연락을 끊었고 그렇게 오랜 시간을 지구 반대 편 낯선 곳에서 살게 되었지요. 한국에 돌아와서도 내가 살던 곳과 가급적 멀리 자리를 잡았습니다.

그의 죽음이 슬프지도 않았고 눈물 한 방울 흘리지도 않았으며 가족들마저 그에 대한 이야기를 일체 꺼내지 않았지요. 그렇게 25년을 훌쩍 넘겼네요. 그 친구가 세상을 떠났을 때, 그의 어머니가 내 나이 쯤이 아니었을까요? 이제는 다 키운 자식을 가슴에 묻어야 했을 그 어머니의 심정을 헤아리게 됩니다.

오는 금요일은 어머님 기일입니다. 상실의 감정을 제대로 처리하려면 애도의 기간이 필요합니다. 눈물을 흘린다는 것은 치유로 가는 첫걸음인지도 모릅니다.

나는 매일 아침 부모님이나 가족에 대한 글을 한 편씩 쓰면서 이별에 대한 치유를 하고 있습니다. 언젠가는 문득 떠나가 버린 그를 위해 펑펑 울 수 있으면 좋겠습니다.

···

이별의 말도 없이 문득 떠난 그에게 심한 배반감을 느꼈습니다. 버려진 느낌도 받았지요. 지금은 그의 어머니 심정이 얼마나 아팠을까… 생각합니다. 알면서도 쉬이 받아들여지지 않는 것들이 있더군요. 세상을 살다보니.

부잣집 딸

　살아생전 딸처럼 대해주던 절친한 친구의 어머님께서 돌아가셨다는 소식에 이른 아침 집을 나섰습니다.

　지난번에 말했던가요? 중학교 적 내 단짝 친구네는 아주아주 부잣집이라고. 그 친구와는 대학을 졸업하고도 오랫동안 단짝으로 지냈습니다.
　한 번은 친구 어머니가 우리 집에 엄청나게 비싼 명절 선물을 하는 바람에 울 어머니는 고심 끝에 자갈치시장으로 나갔답니다. 부잣집이니… 큰 맘 먹고 무지무지 비싼 자연산 전복을 사서 광안리 친구네를 갔었지요.

　버선발로 나오신 친구 어머니.
　"아이고~ 보살님~ 이리 귀한 전복은 머 한다꼬 사 오셔서…. 애구~."
　차 한 잔 마시고 그 집을 나서는데, 독실한 불교 신자였던 그 친구 어머니의 한 마디에 울 어머니 그만 뚜껑이 열리셨지요.
　"우리 보살님 정성 생각해서 낼 아침 일찍 광안리 앞바다에 방생할게요"

　"문디~ 같은 할마씨~ 죽은 전복 사다줄 걸 그랬구마. 나도 절에 다니지만 너무 한 거 아이가? 느 아부지 전복죽이나 끼리 줄 꺼를~."
　몇날 며칠을 궁시렁궁시렁 툴툴대던 어머니가 생각나네요. 이젠, 두 분이 하늘나라에서 만나셨겠습니다. 하하.

부잣집 막내딸이었던 내 친구. 온실의 화초처럼 컸지요. 내가 유학을 떠나올 때 친구는 마치 가장 사랑하는 가족을 떠나보내는 마음이었을 겁니다. 수개월이 지나고 그곳에 적응하여 힘들게 공부하던 무렵, 그리운 친구에게서 소포가 왔네요. 우체부에게 수고비로 거금 10프랑을 지불하고 설레는 마음으로 제법 묵직한 소포를 풀어보았죠.

젠장… 돌멩이가… 한 가득 들어있네요. 헉! 이기 머꼬…? 제기랄…!

우리가 함께 가곤했던 감포 바닷가의 조약돌이랍니다. 예쁜 돌만 골랐다네요. 쩝~.

10프랑이믄… 바게트가 몇 갠데… 이런 문디가 따로 있나…. 묵고 살기 바쁜데 얼어 죽을 감성을…. 야~이~ 문~디~야~!

1년 후, 그 친구가 드디어 나를 보러 파리에 왔습니다.

"파리에는 소주가 없재? 니가 얼마나 묵고 싶었겠노?"라며 묵직한 배낭에서 꺼낸 선물은 꺼내고, 꺼내고, 또 꺼내도 커다란 소주병뿐이었습니다. 파리에 널리고 널린 게 포도주인데….

그래도 한국에서 친구가 왔으니 없는 돈 쪼개어 샐러드 만들어주려고 거금 주고 오이를 사두었는데 학교 갔다 오니… 얼굴에 다닥다닥 붙이고 누워 있네요?

그기 얼마짜린데…! 니 미친 거 아이가?

지금에야 말인데… 사실 남은 오이 반 토막으로 한 대 때릴 뻔 했었답니다.

그 친구가 문득 절에 들어간 지도 벌써 30년이 다 되어가네요.

산으로 간 그녀에게

우리가 다시 만나던 날
해인사 길목의 조그만 암자에
그날따라 눈이 내렸다.

마주한 건넌 산 일출을 자랑하던 그녀는
넉넉한 승복에 짧은 머리칼이
무척이나 어울렸다

가슴가득 품고 간 말
차마 한마디 뱉지 못하고
어줍잖게 일어난 나에게

하룻밤 자고 가라며
암자마당 아랫길을 십 여리로 늘여서
따라 내려오던

그녀에겐
아직도 학교 적 수줍은 미소가 남아있었다

삶과 죽음의 경계선이라도 된 듯하던
손바닥 만 한 개울 건너편에서
어깨 가득 눈을 얹은 채 내 뒷모습을 바라보던 그녀

산모퉁이를 채 돌기도 전에
나는 숨겼던 눈물을 쏟았다

우리가 다시 뜨거운 포옹으로 헤어지던 날
그날따라 해인사에는
눈이 내렸다.

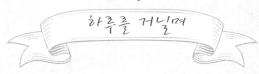

3장

하루를 거닐며

나이 차이

우리부부는 나이차가 꽤 많이 납니다. 우리가 결혼을 결심했을 때, 예상한 대로 우리의 나이차는 결혼승낙의 걸림돌이 되었지요.

내가 마침내 결혼을 결심했으니 반대할 생각일랑 말라고 선언했을 때 언니는 대뜸 "흑인이니?" 했었고 큰오빠는 나보다 한참 연하를 상상했다고 했습니다. 하긴, 내가 파란 눈에 뽀글머리를 업고 등장한들 그리 놀랄 가족들은 아니었네요.

다행히 가족들 가운데 그 누구도 돈이 많으니 적으니, 또는 직업이 어떠니를 따지는 사람은 없었던 것 같습니다.

남편의 나이를 알게 되고 "나이차가 웬만히 나야지…" 하시던 어머니에게 "그 사람이 일찍 태어난 게 잘못인가요?" 했고, 종국에는 우리 사이의 엄청난 나이차가 어느새 "나를 늦게 낳은 어머니 책임."이 되고서야 상견례 날을 잡았습니다.

꽁지머리에 기묘한 복장, 콧수염을 상상하며 마지못해 상견례에 나왔던 큰오빠는 생각보다 단정한 남편의 모습에 단번에 찬성표를 던졌고, 언니는 그저 말 통하는 동족임에 만족하는 눈치였지요. 어딘가 모르게 아버지를 닮은 울 남편의 외모 때문이었는지 우리 어머니는 그날부로 "박 서방."이라 부르셨습니다.

하지만 언니, 오빠들보다 훨씬 많은 남편 나이 때문에 호칭에 문제가 생겼습니다.

오빠들은 "박 샘."이라 부르고, 나보다 일곱 살 위인 언니와, 언니보다 일곱 살 위인 형부는 꼬박꼬박 "박 선생님."이라 부릅니다.

결혼하고 5년인가 지났을까. 가족 모임이 있던 날, 언니네 시골집에서 술잔이 돌고 이른 새벽까지 술판이 벌어졌습니다. 올케들이 차례로 자러 들어가고 작은오빠, 언니와 형부… 남은 주당들도 뒤를 이어 잠을 청했습니다.

이슬을 맞아 눅눅해 진 새벽녘. 큰오빠와 나는 마지막까지 남아 소주잔을 기울이던 중이었습니다.

"현아… 니, 박 서방이랑 결혼 잘했다."

그때 처음으로 오빠가 "박 서방"이라 불렀던 것 같습니다. 하지만 그 후로도 지금까지 울 남편 호칭은 "박 샘"입니다.

…

언니 초등학교 졸업앨범을 보던 형부가 언니 졸업연도가 본인의 대학입학년도라며 히히 웃었습니다. 뭘 그까짓 거 갖고….

내가 태어났을 때 울 남편은 이미 대학을 졸업했고, 내가 대학을 들어갔을 때 남편은 이미 파리로 건너가고 없었지요.

나보다 한참을 먼저 걸어간 거 같은가요?

그래봤자 나랑 같은 해에 결혼했더군요.

남편의 선물

쩨나 로맨틱한 울 남편은 걸핏하면 선물을 합니다. 평소 본인이 사고 싶었던 CD나 책, 때로는 아침마다 산책길에서 만난 들꽃을 꺾어 오기도 합니다. 정성이 갸륵해서 화병에 담아두기도 하고, 뿌리째 가져온 것은 화단 한켠에 심어두기도 했습니다. 덕분에 화단이 망초 밭이 된 적도 있었네요. 하지만 새로 산 보쉬 전동 드릴이 왜 내 선물인지…

예전엔 선물을 할 일이 있으면 쩨나 고민을 했더랬는데 요즘은 무척 간편해졌습니다. 상품권이나 현금을 주면 다들 젤 좋아하니까요. 주머니 돈이 쌈짓돈인 우리 집은 그마저도 큰 의미가 없네요. 남편이 그려준 초상화 정도가 내가 만족해하는 선물일래나요?

남들은 연애시절 프러포즈 받으면서 쩨나 근사한 선물을 받은 눈치이던데 내가 받은 선물은 골칫거리였지요.

늦은 가을… 아니 초겨울 이었던가요? 어쨌든 남편은 커다란 바구니를 안고 버스에서 내렸습니다. 뚜껑 달린 바구니엔 그림이 그려진 종이가 붙어 있었지요. 아파트에 도착해 뚜껑을 열어보고 기겁을 했네요. 수십 마리의 벌레들이 튀어나왔으니까요.

풀벌레 소리를 좋아하는 남편. 특히 귀뚜라미소리를 좋아하지요. 바구니 속에서 나온 것들은 귀뚜라미였습니다. 서울에서 이 많은 귀뚜라미를 어찌 구했는지도 의문이지만, "선생님."에서 "여보."가 되려는 무렵이었던지라 퍽이나 감동한 척 했더랬지요.

또로롱 또로롱 운다고 했지만 한 번도 들은 바 없고, 침대 밑에서도 욕실에서도 시도 때도 없이 기어 나오던 벌레들 때문에 한동안 곤욕을 치러야 했었던 선물이네요.

여러분이 가장 최근에 받은 선물은 무엇이었나요? 어쩌면 작고 반짝이는 값비싼 것일런지도… 황금 보기를 돌같이 여기는 터라 나는 그런 것엔 전혀 관심이 없네요.

다만, 언제부턴가 "작은 마당"이 선물 받고 싶었답니다. 아주 어릴 적 살았던 골목길 속 작은 집. 치자 꽃과 칸나가 심어져 있던 작은 마당이 있었지요. 학교 다녀오면 흙 묻은 발로 껑충껑충 뛰어오르던 하얀색 강아지 '베쓰'.

근심 없이 뛰어 놀았던 그 집의 작은 마당은 내 마음속 한켠, 동화가 되어버렸나 봅니다.

결혼 후 남편이 나에게 준 가장 큰 선물은 지금 살고 있는 시골집이랍니다.

치자 꽃과 칸나 대신 망초와 달맞이, 애기똥풀이 피고 지는 너른 마당을 선물 받았지요. 게다가 '베쓰'를 대신 할 강아지들은 곰팅, 똘미, 빈대, 무똥… 근자에 선물한 쇼팽이까지 무려 다섯 마리나 선물 받았네요. 화실이 완성되면 커다란 녀석으로 또 한 마리 선물할 요량이랍니다. "남편 선물 사절!"이라고 현수막이라도 걸고 싶은 심정입니다.

남편의 선물은 울 아버지 선물 다음으로 받고 싶지 않은 선물들입니다. 어릴 적, 내 생일 선물은 영어단어 암기장이나 사전이었지요. 중학교 때 받은 선물은 '성문 종합 영어'였던가요? 칫!

언젠가 조카 책꽂이에서 프랑스 모리악의 소설을 발견했습니다. "어머, 너도 읽었니? 떼레즈 데끼루…" 했더니, "이모가 몇 년 전에 선물한 책이야. 재미없어서 안 읽었어." 합니다. 나라고 다르지는 않았네요.

내 결혼식

　여러분의 결혼식은 어땠나요? 아마도 예단이나 예물 땜에 서운했거나 갈등이 있었던 경우도 종종 있을 듯합니다. 그놈의 예단이 뭐길래 두고두고 부부싸움 할 때 단골 메뉴로 등장합니다. 여자들은 친정 부모가 조금만 섭섭하면 "내가 결혼할 때 집에서 해준 게 뭐 있는데?"로 시작하고, 속 좁은 남자들의 경우엔 "남들은 처가에서 뭐도 해주고, 뭐도 해줬다는데…"라고 투덜거린다지요. 심지어는 예단 때문에 양가 집안이 대판 싸우고 결혼식이 무산되는 경우도 있다합니다. 부모님이 먹이고 입히고 교육까지 시켜주었으면 그만이지 더 이상 뭘 내놓으라는 건지… 내 상식으로는 이해가 잘 되지 않습니다.

　하기, 인류지대사 가운데 하나가 결혼식이니 예나 지금이나 동서양을 막론하고 준비와 과정이 어렵기는 마찬가지입니다. 예단이나 예물 뿐이던가요? 결혼식 전에 찍는 사진도 비싸기는 매한가지고(한때는 결혼 비디오가 강매수준이었죠), 함 값도 만만찮고 결혼식장 대여금에, 웨딩드레스와 예복 대여금, 하객 식사비와 신혼여행비…. 참! 결혼식장 꽃들은 딸랑 한나절 쓸 건데 왜 그리도 많이 필요하고 또 비싼 건지요. 처음부터 끝까지 돈으로 시작해서 돈으로 끝나는 것이 결혼식 준비입니다.

　결혼의 결정판은 신혼 살림집이죠. 집만 필요하던가요? 가전제품에 침대와 가구까지. 자식 하나 키우는데 드는 돈이 얼만데 결혼 한번 시키고 나면 노후자금이 거덜 납니다. 그런데 가만히 따지고 보면, 부모님들이 그렇게 만드는 것도 없지 않습니다. 밍크코트나 명품백이 예단 목록에 등장하고, 한복에는 금단추를 해오라는 둥 평생 쓰지 않고 장롱 자리만 차지할 이부자리에, 어떤 집은 친척들 한복까지 요구한다네요. 돈으로 신랑 집에 예단비를 주면 관례상 반쯤은 돌려준다나 뭐래나요? 암만 생각해도 어이없는 풍속도입니다. 나 같으면 일찌감치 자식들 불러놓고 "결혼은 스스로 벌어서 해라. 내 예단은 필요 없다."고 선언하지 싶네요.

내가 가장 최근 가본 결혼식은 호텔이었습니다. 예식엔 관심 없고 다들 먹을 거에만… 그놈의 사진들은 왜 그리도 많이 찍어대는지… 하긴 평생에 한번뿐인 결혼식, 그것도 비싼데서 하면 증거물을 팍팍 남겨야 할 테지요. 호텔 결혼식은 혼주의 경비 때문에 축의금도 많이 넣어야 합니다.

당사자들이야 일생일대 최고의 축제를 원했겠지만 식장의 풍경은 딴판이지요. 대부분의 결혼식은 축의금과 바꾼 식권을 들고 곧바로 식당으로 향하게 됩니다. 친분이 두터우면 눈도장 정도는 찍고 가야겠지만요.

앞으로도 결혼식 풍속도가 전혀 바뀔 기미가 없으므로 나는 몇 년 전 이후로 가까운 지인이나 조카들을 제외하고 모든 결혼식은 참석도 하지 않을 것이며 축의금도 내지 않는다고 선포했습니다.

이렇게 투덜거리고 있는 나의 결혼식은 어땠냐구요?

음… 저의 경우는 머나먼 타국, 파리의 조그만 성당에서 결혼을 했습니다. 일단, 결혼식장 대여비는 들지 않은 셈입니다. 나는 가톨릭 신자가 아니었으므로 결혼식 전에 신부님 앞에서 "남편의 종교 활동을 방해하지 않겠다."는 취지의 서약만 했네요. 예전에는 혼배성사를 하기 전 반드시 개종을 해야 했으나, 프랑스 젊은이들 가운데 가톨릭 신자들이 점점 줄어들다보니 훨씬 간편해졌습니다.

미리 말씀드리는데 뎅그렁 뎅그렁 교회 종이 울리면 하얀 웨딩드레스를 입고 쌀을 뿌리는 하객들을 뒤로 하고 색색이 꾸민, 깡통이 주렁주렁 매달린 멋진 차를 타고 어디론가 신혼여행을 떠나는 풍경은 잠시 접어주십시오.

결혼식 날, 신부님이 나를 보고 흠칫 놀라신 표정이더군요. 하얀 꽃을 든 여자는 낡은 청바지에 하얀 블라우스 차림이었네요. 내 웨딩드레스인 그 청바지는 얼마 전 헤져서 세탁소 가서 짜깁기를 했는데 또 헤졌군요. 하얀 블라우스는 2만 5천 원. 결혼식 때 입으려고 새로 장만한 것이었지요.

절친한 친구들 20여 명이 하객의 전부였지만 모두들 지지했고 긴 예식 동안에 졸지 않았으며 진심으로 축하를 해주었습니다.

결혼 예물은 24k실반지(지금도 항상 끼고 다닙니다). 결혼식 때 든 돈이라고는 웨딩 부케 값이랑 친구들과 피로연 겸으로 인근 레스토랑에서 먹은 식사비가 전부였네요. 신혼여행은 가까운 포르투갈로 8일 정도 다녀왔는데 딱히 신혼여행이라 할 수 없는 것이, 전에도 늘 그렇게 여행을 다녔었기에… 다만, 예전에는 방이 두 개 필요했는데 그때부터는 방이 하나면 충분했으므로 방값이 절약되었죠.

우리는 결혼식 축의금을 모두 사양했습니다. 직장에서도 공식적으로 게시판에 축하 메시지 이외의 모든 축의금은 사양한다고 올렸지요. 하지만 식구들은 섭섭하다며 각 집에서 적지 않은 축의금을 주더군요. 그 거금으로 즐거운 여행을 다녀왔네요.

우리는 집을 옮기지도 않았고 가구를 새로 들이지도 않았으며 옷이

나 신발을 새로 사지도 않았네요.

너무 성의 없는 결혼식이라구요?
간결했고, 진실했고, 감동적이었습니다.
물론 쿨한 성격의 어머니와 가족들 덕분에 가능했겠지만요.
만약 날더러 다시 결혼식을 하라고 해도, 아마 나는 똑같은 방식의
결혼을 할 것 같습니다.

남편의 자랑질

우리 남편은 은근 자랑질을 잘 합니다. 얼마 전 시골에 100평 남짓 땅을 샀고, 작업실(창고!)을 지을 예정이라 했는데 벌써 지구 건너편 파리까지 소문을 내어 축하전화를 서너 번이나 받았으니까요.

그런데 뜬금없이 갤러리라뇨? 또 어떤 사람은 미술관 건축을 하는 줄로 알고 있네요.

건축에 관해선 전혀 일가견도 없는 울 남편은 건축비나 땅 모양과는 상관도 없는 호화주택들을 몇 채나 그려놓고 흐뭇해하고 있는 중입니다. 그건 그렇다 치고, 시작도 안했는데 전화기 들고 엄살은 왜 떨고 있는 게지…

유유상종이라고, 울 남편이랑 몰려다니는 친구들도 하나같이 자랑질에 능합니다.

수십 년 째 여전히 그들 만남의 장소인 교보문고. 그들의 약속시간이 한 시간 쯤 지난 후엔 기십 만 원의 결재를 알리는 문자가 옵니다.

다시는 듣지 못할 명반이 세일을 하거나 새로 나온 카잘스의 음반이거나 등등 이유도 제각각입니다. 하지만 실상은 다른 친구들이 샀기 때문에 이에 질세라 산 것이겠지요.

남편과 그 친구들의 자랑질을 듣다보면, 유치찬란의 한계가 어디쯤인지 가늠이 되지 않을 정도입니다.

"울 아버지가 축구공 사줬다." 그러면 "우리 집엔 축구공 백 개 있다." 식의 대화입니다.

살면서 깨닫게 된 사실이지만 나는 더 이상 나이를 먹을 것 같지도 않은 다섯 살짜리 애를 키우고 있는 중입니다.

마지막으로 등산을 한 것이 지난 해 봄이었던가…. 소금강 폭포까지 딸랑 3㎞ 갔더랬는데 남편은 히말라야 등반대가 울고 갈 장비를 챙겨갔습니다.

왜 아니겠습니까! 몰려다니는 친구들이 근자에 북한산을 오르기 시작했다나요? 앞 다투어 사들인 등산 장비들을 자랑할 때가 온 거겠지요.

남편의 친구들은 하나같이 아직 결혼도 안했습니다(그 나이에!). 나만 빼고 여자 몇 명은 운이 좋았던 편입니다.

문제는, 개중에 한 명이 오디오 마니아랍니다. 오디오를 바꾸느라 살고 있던 집 전세금을 뺐다지요? 물론, 울 남편 오디오도 그에 못지않습니다. 지금 가지고 있는 진공관 엠프 가격이 삼천만 원이라던가요? 엿 바꿔서 건축비에 보태 쓰고 싶은 맘이 굴뚝같습니다. 스피커는 영국제 B&W 한정판 말고도 보스인지 똘마니인지 기타 등등으로 여럿 됩니다. 이젠 처박아 놓을 자리도 없는데 지난여름 파리에서 '결혼기념일 선물'로 또 하나를 구입했다네요.

어느 날, 문제의 남편친구 K가 우리 시골집에 왔습니다.

남편은 "이젠 LP판이 3만 장에 달하니 더 이상 둘 곳이 없다."며 교묘히 신세한탄을 가장한 자랑질을 하기 시작했습니다. K는 한 칸에 꽂혀있는 음반을 대충 계산하더니 휘리릭 둘러보며, 3만 장은 안 되겠고 잘 하면 2만5천 장 될 거라 했습니다.

울 남편은 기어이 지난해 배편으로 파리에 남아있던 수백 장의 LP

판들을 몽땅 실어왔습니다.

오디오가 좋으면 뭐하나요? LP판이 그리 많으면 뭐하나요? 정작 전축바늘이 빠져서(글쎄, 바늘 하나에 60만원이랍디다) 듣지 못한 지 일 년이 넘어가는데….

LP판으로 시작한 음반 수집은 CD로 이어져 LP판 못지않게 한 벽면을 채웠습니다. 같은 곡도 연주자가 다르거나 지휘자가 다르다며 또다시 사는 것은 그렇다 칩시다. 암만 봐도 똑같은 CD가 두세 개씩 있는 이유는 도대체 뭐랍니까?

CD 플레이어마저 고장 나서 요즘은 라디오만 듣고 사는데….

입이 댓 발이나 나와서 주저리주저리 떠들면 또 뭐 한답니까?

그해 겨울, 몇 달 내내 햇빛 한줌 없었던 안개 낀 파리.

오래된 그의 전축에서 흐르던 이장희 노래 한 곡과 포도주 몇 병에 뻑이 간 내 탓이지요.

다방

남편의 나이를 알게 되면, 사람들의 첫 번째 질문은 세대 차이를 느끼지 않느냐는 것입니다. 유행과는 상관없이 늘 청바지에 점퍼 차림이고, 때로는 아무렇게나 칭칭 감은 머플러가 내 눈에는 꽤 멋스럽기까지 하고 보면, 세대차를 느낄 겨를은 그리 없었던 것 같습니다. 어쩌면, 나이에 걸맞지 않게 60년대나 70년대를 연상시키는 것에 묘한 향수를 느끼곤 하는 내 탓인지도 모릅니다. 무교동 스카이 다방, 아폴로, 명동의 돌체, 르 씰랑스 등도 있었다고 울 남편과 그 친구들이 입을 모읍니다.

시골다방은 60년대, 70년대… 흘러간 시절이 연상됩니다. 이미자의 노래가 흘러나오고 아네모네 마담이 호호호 웃으며 반길 것 같은. 커다란 연탄난로가 있고, 그 위엔 양은 주전자에 보리차가 김을 뿜고 있을 테고, 스탠포드대학 정치학 박사출신은 명함도 못 내밀, 김 사장과 박 사장의 정치토론이 한창이겠죠. 남편이 청년 시절 다녔다는 다방엔 근사한 전축도 있었다지요.

나는 면소재지나 간이역 부근의 다방을 기웃거리는 묘한 버릇이 있습니다.

아주 오래전, 대학 졸업을 앞두고 배낭하나 둘러메고 전국을 쏘다닌 적이 있었지요(당시에는 세상 모든 고민을 다 그 배낭에 싸 짊어지고 다녔던 듯…). 작은 항구근처에 있었던 그 다방의 풍경이 문득 떠오릅니다. 비를 피해 들렀던 다방. 은색 슬리퍼에 짧은 치마. 반쯤 벗겨진 매니

큐어의 레지 아가씨가 주문받기도 귀찮다는 듯이 보리차 한 잔을 탁하고 놓고 가버렸지요.

난로 곁에 멍하니 앉아 청승맞게 부르던 그녀의 노래. "인생은 나그네길… 어디서 왔다가 어디로 가는가…." 추적추적 겨울 비 내리던 날, 녹동 항구 앞 다방의 그 풍경은 30년이 지난 지금도 흑백 사진처럼 내 머릿속에 박혀있네요.

이제는 더 이상 다방이란 단어도 쓰이지 않고, 커피숍이니, 카페라는 단어를 사용하지만 우리가 대학을 다니던 시절만 해도 '갈채다방'이니 '대학다방'이니 이런저런 다방들이 줄줄이 있었잖아요? 다방이란 단어는 여러 가지 추억을 한꺼번에 떠올리게 합니다.

우리 때는 음악다방이 유행을 했었지요. LP판이 가득 찬 유리벽 속에는 DJ가 있어서 손님들이 청하는 음악을 잔뜩 멋을 낸 멘트와 함께 틀어주곤 했지요. 중간 중간에 "김 모모 씨! 카운터에 전화 와 있습니다."라는 안내 멘트도….

그러고 보니 당시에는 레코드 가게도 흔했었지요. 버스 정류장이나 비 오는 날, 비를 피해 가게 처마 밑에서 있으면 들려오던 유행가…. 내가 타야할 버스가 왔지만 그 노래 끝까지 듣겠다고 계속 서 있었던 기억도 납니다.

하지만 내가 집에서 줄창 들어야했던 노래는 첫사랑 실패 이후 무한반복으로 들었던 큰오빠의 애청곡, 윤시내의 '열애'와 멜라니 싸포카의 청승맞은 노래 'the saddist thing'(하도 들어서 전축을 부수고 싶었습니다)이었습니다.

이런저런 것들이 방향도 없이 줄줄이 연상되는 다방! 다방이라면 연상되는 또 한 가지는 바로 '성냥'입니다.

대학시절, 나는 한동안 다방 성냥을 모으는 취미를 가졌습니다. 당시에는 다방 홍보용 성냥이 유행이었고 갖가지 모양과 형태의 성냥들이 많았었지요. 한번은 학교 잔디밭에서 성냥을 꺼내 장난을 했었네요. 늦가을 잔디에 과연 불이 붙을까 궁금했던 건데, 바람 한번 휙 부니 정신없이 번졌던 불길… 마침 지나가던 공대생들이 단체로 밟아서 꺼주었지만, 이듬해 봄까지 까맣게 그을려 있었던 학교 잔디밭.
지나가던 학생들마다 "웬 술 처먹은 놈이 저 지랄을 해놓았냐."며 혀를 끌끌 차더군요.

울 언니가 대학을 다니던 시절엔 성냥으로 탑을 쌓거나 성냥 문제 풀이가 유행이었답니다. 탁자 위에 성냥을 요리조리 늘어놓고 "한 개를 움직여서 같은 모양을 만들어라."라거나 "성냥 다섯 개비에 손대지 않고 별을 만들어라."라는 등 했었지요. 초등학교 때 울 언니 손잡고 처음 가 본 다방. 구석자리에 혼자 앉아서 성냥 탑을 쌓던 아저씨가 기억나네요.

시골 면소재지나 간이역 부근의 다방을 종종 들르곤 하는 것은 다방이 불러일으키는 향수 때문이겠지요. 하지만 요새는 첩첩산중엘 가도 '커피전문점'이나 '카페'만 있네요.

얼마 전, 남편이랑 정선 장터에 갔었습니다. 예전에 느꼈던 장터의 느낌은 어디에도 없고, 전국 각지에서 몰려온 관광객 틈에 떠밀려 다녔지요. 정선 역 바로 근처에 보이는 '서울다방'! 멀지 않은 곳에 근사한 카페가 있었지만 우리는 누가 먼저랄 것도 없이 '서울다방'으로 들어갔습니다.

내가 시골다방에서 느끼고픈 것은 우리가 학교 다닐 무렵의 정서가 아니랍니다. 그보다 훨씬 오래 전, 어쩌면 울 남편이나 우리 아버지가 청년 시절 들르곤 했을 그런 풍경을 기대하기 때문이지요. 하지만 우리가 들렀던 정선역 앞 '서울다방'은 기대했던 풍경은 아니었답니다.

커다란 수족관. 그리고 그 속을 떠다니는 허여멀건 잉어 몇 마리. 탁자 위엔 재떨이를 겸한 오늘의 운세 뽑기. 온 종일 틀어져 있었을 텔레비전 앞에는 고양이 한 마리가 앉아있더군요. 계란동동 띄운 쌍화차는 메뉴에도 없는 듯 하고 원두커피라고 내놓은, 멀건 물 한잔 마시고 돌아왔네요.

추억의 다방 얘기가 나온 김에 "이담에 화실 지으면 한 구석에 카페를 차리면 안 될까요?" 했더니만, 남편의 성난 목소리.

"말~도 안 돼는 소리! 어디서 물장사를 하려고…."

합니다.

물…장…사…!
칫! 청바지에 머플러차림이면 뭐하나요? 이럴 때는 세대차를 아니 느낄 수 없지요.

　　　　　　　　　　　…

남포동에 있었다던 '광복다방'. 아니, 이름으로 보아 광복동에 있었을는지도….
이제는 영영 문을 닫았을는지도 모를 일입니다. 유명세를 익히 들어 한 번쯤 가보고 싶었는데 못 가봤네요. 혹시 광복다방 소식 아시는 분…?

좋은 습관

울 남편은 부러운 습관을 가졌습니다. 아침 6시에 일어나면 라디오를 들으며 영어공부를 합니다. 끝나면 한 시간 동안 체조를 하고, 아침 식사 후에는 자전거를 타고 작업하러 갑니다.

저녁에는 잠들기 전에 한 시간씩 꼭 책을 봅니다. 그리고는 옛날 영화를 한 편씩 보고 잠자리에 듭니다. 시계 바늘처럼 정확한 생활리듬을 조금이라도 닮으면 얼마나 좋을까요?

나는 요즘 새벽 2시나 3시에 일어납니다. 연거푸 진한 커피를 석 잔 이상 마시고 밀린 서류들을 후다닥 해치운 다음, 카페에 글 올리고 댓글 읽느라 아침 시간을 보냅니다. 해야 할 과제는 늘 벼락치기이고, 요즘은 책마저 전혀 읽지 않습니다. 책 읽기를 싫어하냐구요? 한번 잡으면 내리 며칠 동안 책만 읽어댑니다. 서너 권을 한 번에 펼쳐두고 읽을 뿐 아니라, 소설이 아닌 경우는 마음에 드는 곳부터 순서도 없이 읽습니다. 영화를 보는 것도 마찬가지로, 날 잡아서 하루에 서너 편씩 볼 때도 있답니다. 한 마디로 벼락치기 인생입니다.

시골 생활을 시작하고, 이런 습관 때문에 문제가 생기기 시작했습니다. 토마토는 꼬박꼬박 순을 따 주어야 하고 잡초들도 싹이 나면 매일 틈틈이 뽑아줘야 하건만… 남편이 한국에 있는 동안은 그나마 정돈이 되지만, 그 후가 문제겠지요?

어느 날 나가보면 한 뼘씩 자라있는 풀들! 꽃들과 풀들이 키 자랑을 하고, 오이는 죄다 노각이 되어 있고, 토마토가 넝쿨진 건 또 첨보네요. 자연의 시간에 맞추지 않고 내 시간에 맞춰서 날을 잡으니 한

여름 꽃밭과 텃밭은 풀들의 향연입니다.

폭설이 종종 내리는 강릉. 요즘 나는 강릉의 겨울이 좋아지고 있습니다. 온 종일 집에 틀어박혀 눈 쌓인 풍경을 보는 것이 지겹기도 하겠지만, 한여름 뙤약볕에 풀 뽑는 것보다야…

내년 봄엔 앞마당을 잔디밭으로 바꿀 요량입니다. 한여름의 시멘트 열기가 싫기도 하고 파르란 잔디가 주는 아늑함이 너무 좋아서라지만, 아시다시피 나의 게으름에 잔디밭은 사치입니다. 나를 익히 아는 울 언니, 차라리 인조 잔디를 깔라합니다.

우리 카페에 종종 소개되는, 단정하게 정돈된 집들을 보면 그렇게 부러울 수가 없습니다. 우리 집에는 일반 걸레, 방 빗자루, 진공청소기(소형, 일반형, 걸레 달린 것 각 1개씩), 로봇청소기 최신형(카메라 부착. 원격조종 기능 등등), 스핀 대걸레, 스팀청소기 등 청소 용구들은 종류대로 갖추었건만 여전히 지저분하고 먼지가 날아다닙니다. 마음먹고 정리하면 온 종일 씨름해야 하건만, 원상복구 되는데는 반나절도 안 걸리네요.

2017년도 이제 한 달도 채 남지 않은 지금,
내년에는 남들처럼 규칙적인 습관을 가져보리라 다짐해봅니다. 해마다 결심했듯이.

                              …

남편은 별자리 보는 것을 좋아합니다. 특히 겨울에. 카시오페아, 오리온, 북두칠성을 가르쳐주지만 나는 춥고 모가지만 아플 따름입니다. 가을엔 귀뚜라미와 풀벌레 소리 듣는 것을 좋아하지만 나는 욕실에서 튀어나온 귀뚜라미가 징그럽습니다. 울 남편은 하루를 규칙적으로 보내는 좋은 습관을 가졌습니다.

나는 단번에 모든 것을 가졌습니다. 밤하늘의 별자리를 좋아하고, 풀벌레 소리를 즐기는 좋은 습관을 가진 남편을 가졌으니!

내 자동차

지난 6월 26일은 내 낡은 자동차가 무지개다리를 건너간 날입니다. 한낱 고철덩이가 되었으니 저세상 간 것도 아니고 굳이 '무지개다리' 운운할 것까지야 없겠지만, 강릉에 닻을 내리고 20년 동안 나랑 동고 동락한 차였기에 허전하기도 하고 아쉽기도 한, 묘한 마음이었네요.

1997년 산 하얀색 엑센트. 수동변속이었고 옵션이 전혀 없는 자동 차였기에 신식 자동차처럼 차키를 누르면 삑~ 소리와 함께 전체 차 문 이 열리는 것도 아니어서 일일이 문을 열어주어야 했고, 뒷좌석에서 창문이라도 열라치면 옆에 달린 손잡이를 빙빙 돌려야했기에 남들은 신석기 유물을 바라보듯 했지만, 그래도 잔병 한 번 앓지 않고 건강히 주인을 모셨던 차입니다.

10년 쯤 전이었던가요? 나는 그 귀중한 차를 잃어버렸답니다. 출장 을 마치고 터미널 근처에서 점심을 먹고 나왔더니 있어야 할 곳에 내 차가 보이질 않습니다. 식당 밖에서 허둥대는 나를 보더니, 식당주인 이 나와서 하는 말이 주차 금지구역이라 견인되었을 거라 하시네요. 허둥지둥 택시를 잡아타고 견인된 차들이 모여 있는 곳으로 갔습니 다. 하지만 그곳에서도 내 차는 보이지 않았고, 행여나 견인되는 중인 가 해서 한 시간여를 기다렸지만 내 차는 끝내 나타나지 않았습니다.
어이없는 차 도둑은 비싼 차 다 놔두고 하필 불쌍한 구식 자동차를 훔쳐간 것인지… 도난 신고하려고 경찰서로 향하려다 보니, 오마나! 내 서류들을 식당에 두고 왔네요. 다시 택시를 타고 식당으로 가는 데, 식당 건너편에 낯익은 차 한 대가 보입니다. 그렇군요. 주차를 하려고 빙빙 돌다가 주차금지 구역이라 건너편에 세웠었지요.

그 해 여름, 나는 '택시부 광장'이라는 강릉시내 주차장에 차를 세우고 근처 중앙시장에 장을 보러 다녀왔지요. 앗! 내 차 뒤 범퍼에 묻은 빨간색 페인트자국! 누군가가 귀한 내 차를 긁어놓고 간 것입니다. 남의 집 담벼락에 세워둔 것도 아니고, 엄연히 거금 1000원짜리 주차장인데 주차 요원들은 뭘 하고 있는 겐지….

주차장 직원 아저씨를 불렀습니다. 멀쩡한 차였는데 왜 이렇게 되었냐고 따졌지요. 아저씨는 걸레 하나를 가져 나와 닦아주었습니다. 나도 함께 휴지를 꺼내 닦았었지요. 한여름 오후 뙤약볕에서 20분을 닦으니 거의 원상태가 되었습니다. 이윽고 장 본 물건을 트렁크에 넣으려는데… 제기랄! 이번엔 문이 안 열립니다. 아마 그놈의 빨간 차가 세게 들이받아서 탈이 난 게 분명합니다. 하는 수 없이 앞문을 여는데… 어라? 알록달록한 카시트에 노란 인형!

애고~ 내 차가 아니군요. 내 소중한 차, 1315는 한 칸 앞줄에 세워져 있었네요.

창피해서 몰래 차를 몰고 나오는데, 주차요원 아저씨가 주차비 내지 말고 그냥 가랍니다. 나도 횡재했지만 꽁무니가 말끔히 닦인 앞 차도 덩달아 횡재한 날이었지요.

1315 내 자동차는 걸핏하면 자동차 키를 꽂은 채 문이 잠겨 있었습니다. 때로는 시동이 걸린 채로, 속초항에서는 에어컨과 시동이 모두 걸린 채로 몇 시간 동안이나 문이 잠겨있었지요. 주인이 정신 나간 날에는 하루 두 번 잠길 때도 있었답니다.

그뿐인가요? 주인이 심란한 날이면 강릉에서 땅끝 마을까지 쉬지도 않고 내달렸으며 툭하면 북쪽 끝, 더 이상 달릴 수 없는 곳까지 가야

했지요. 하필이면 주인 고향이 부산인지라 그동안 고단한 거리를 수도 없이 달렸습니다. 내 차 강원 25다 1315 하얀색 엑센트는.

아무도 아는 이 없는 이 낯선 곳에서 20년 동안 내 친구가 되어준 하얀색 자동차. 조수석에는 아버지도 앉았었고 어머니도, 그리고 친구들도 앉았었지요. 조수석에 앉았던 아버지가 범죄인 마냥 까맣게 눈을 가린 채 찍힌 사진을 받은 적도 있었네요. 경찰청에서 보낸 7만 원짜리 사진이었죠. 그런 사진 두 번 받아 면허정지가 되었을 때, 모처럼 내 차는 석 달 동안 편히 쉴 수 있었지요.

폐차되던 날 아침, 아쉬운 마음에 동네 한 바퀴를 돌았습니다. 엔진 소리도 여전히 좋고 카세트테이프는 약간 늘어난 듯 했지만 그날 아침 들었던 브란덴 브루크도 좋았네요. 너무도 멀쩡한 차였지만 도로에 뿌린 염화칼슘 때문인지, 아니면 바닷가 근처라 염분 많았기 때문인지 차 아랫부분이 왕창 썩어서 언제 내려앉을지 모르는 상황이라 어쩔 수 없이 보냈답니다.

학교 적, 국어시간에 '조침문'을 배우면서 부러진 바늘 하나 가지고 "오~ 애재라, 통재라." 하는 것이 도통 이해되지 않더니만, 자동차 한 대 보내놓고 이리 애달파하니 이젠 그 마음이 이해가 될 듯도 합니다.

…

나의 새 자동차는 가까이만 가면 문이 저절로 열리는 최첨단입니다. 문 잠겨서 긴급 서비스 부를 일은 없어진 듯 하지요? 게다가 기어 변속이 필요 없는 오토입니다(기름 값은 훨씬 많이 드는 듯). 늘어진 카세트테이프 대신 CD를 들을 수도 있지요. 다들 그러시다구요? 저는 생전 처음이라 신기합니다. 앞으로 정 붙이며 20년은 타야겠습니다.

누구시더라…?

얼마 전 시내에 나갔다가 너무도 익숙한 얼굴을 만났습니다. 순간적으로 활짝 웃으며 손까지 맞잡았지요. 이럴 때는 만사 제쳐놓고 인사하는 게 상책입니다.

"안녕하세요. 잘 지내시지요?"

"네에. 안녕하세요."

"……."

"……."

마주 잡은 두 손을 계속 흔들며 우리는 몇 번이고 "안녕하세요."만 연발 했네요. 대부분 이럴 경우, 상대방에서 단서를 주기 마련인데… 이윽고 그 여자 분이 말문을 열었습니다.

"저어… 정말 죄송한데요, 분명 잘 아는 얼굴인데 어디서 봤는지 기억이 안나요. 제가 이래요~."

앗! 살다보니 건망증뿐 아니라 성격까지 나랑 똑같은 강적을 만나는 경우도 있네요. 우리는 잠시 동안 초·중·고등학교와 사는 지역 등등을 모조리 대조했지만 모두가 헛발질입니다.

"하하하…. 먼저 생각나는 사람이 연락 주기로 해요~." 하고 헤어졌지만 그녀의 전화번호가 입력되어 있다는 보장은 어디에도 없습니다. 하지만 하루 종일 비실비실 웃고 다닐 수 있었지요. 나만 그런 게 아니구나… 하면서요(나는 지금도 그녀의 정체를 모릅니다).

어제는 50대쯤 된 어떤 남자가 마당으로 쓰윽 걸어 들어왔습니다. 앗! 아는 얼굴입니다. 나는 반갑게 인사하고 들어와서 커피 한잔 하시라고 청했지요. 그는 일행이 있어서 조금 후에 다시 온다고 합니다.

곁에 있던 남편 눈치를 살폈더니,

"어디서 많이 본 사람인데 누구시더라…?"

합니다.

여자 한 명, 남자 한 명과 함께 다시 우리 집에 들른 그는 가족들의 안부를 묻는 나의 질문에 이번에 딸이 미술대학에 입학을 했다고 했습니다. 남편 직업과 내 직업을 동시에 꿰어 맞춰야 하는 상황에서, 이번에는 "작업실을 언제쯤 짓느냐?"고 우리에게 물어봅니다.

애효~ 도대체 당신은 누구시길래….

함께 온 일행들이 이 부근의 땅을 보러왔다는군요. 일행으로 온 두 사람은 분명 우리가 모르는 사람이었습니다. 커피를 마시는 동안, 그는 "커피콩이 맛있게 볶였다."고도 합니다.

나는 생글생글 웃으며 머릿속으로는 다급하게 연관검색기를 굴려봅니다.

1. 설계사무소 직원 (가능성 다분)
2. 부동산 중개인 (직접 만난 중개인 없음)
3. 직장 관련 사람 (가능성 있음)
4. 번개에서 만난 우리카페 회원 (가능성 있음)
5. 울 남편이 아는 사람 (가능성 희박!)
6. 자주 가는 카페 주인 (가능성 많음)

머릿속은 복잡하기만 하고 커피를 다 마시고 일어설 때까지도 정체를 알 수 없는 분이었습니다만, 보면 볼수록 너무도 익숙한 얼굴입니다.

마당에서 작별 인사를 나누었습니다. 그분은 우리 강아지들도 익숙하게 아는 눈치입니다. 한 마리가 안 보인다고까지 하시네요(하늘나라 간 반대 얘기겠지요).

끝끝내 생각이 나지 않아, "그런데 선생님, 그만 전화번호를 잊어버렸네요. 명함 하나 주시면…" 하고 청했지요.

이런~ 명함을 안가지고 왔다고 합니다. 대신 전화번호를 찍어주었지만 이름을 알 수 없으니…. 차마 이름을 물을 수는 없고 급한 마음에 〈누구시더라?〉로 입력해 두었습니다. 그가 가고난 후 우리부부는 스무고개 넘는 기분으로 〈누구시더라?〉의 정체를 탐색하기 시작했지만 도무지 생각이 나지 않았습니다.

오늘 아침 확인한 내 핸드폰에는 지난 밤 〈누구시더라?〉 님의 문자 메시지가 와 있었습니다.

"오랜만에 찾아뵈어 반가웠습니다. 아파트에 오시면 연수원에 들러 차라도 한잔 드시고 가세요. 000 올림"
…

그는 우리 아파트 인근 연수원의 원장입니다. 한동안 우리랑 꽤 잦은 왕래가 있었고, 우리는 그곳에 들러 공짜 커피를 마시곤 했지요. 우리 집 강아지들 광견병 예방 주사를 놓아주러 온 적도 있었고, 작업실 구상도 함께 한 적이 있으며 가까운 곳에 커피를 마시러 간 적도 여러 번 있었네요. 이따 날이 밝으면 문자에 답장을 해 두고, 〈누구시더라?〉 님을 〈연수원 원장〉 님으로 고쳐두어야겠습니다.

늙은 남편

아침 출근길, 남편이 쪼그리고 앉아 흙 묻은 내 신발을 말끔히 닦아주었습니다.

식사 후 설거지를 하는 것도 늘 남편이지요.

우리 남편은 참 자상합니다.

심한 편식 때문에 추어탕도 고깃국도 상에 오른 적이 없지만 여태껏 한 번도 불평한 적이 없었지요.

식당에 가면 내가 좋아하는 반찬은 남들 눈치 보지 않고 내 쪽으로 밀어주기 일쑤이고, 합석한 일행이 있건 말건 생선을 먹기 좋게 발라서 내 밥그릇에 올려주기까지 합니다.

남들 앞에서 자꾸 나를 챙겨주는 남편이 주책스레 보일까봐 슬며시 부릎을 꼬집어도 보지만 아랑곳하지 않고 늘 반찬을 챙겨줍니다.

하긴, 장모님 사랑을 듬뿍 받았던 것도 울 남편의 이런 자상함 때문이 아니었던가요?

요즘 환절기라 그런지 컨디션이 그리 좋지 못합니다.

남들도 그렇겠지만 유독 봄 치레가 많은 나는, 해마다 이맘때면 잔병치레를 하게 됩니다.

약도 챙겨주고 산책도 함께 하자고 하지만 만사가 귀찮습니다.

쿨럭쿨럭 바튼 기침 하며 방에 틀어박힌 나에게,

"늙은 남편 먼저 가고나면 혼자 남아 어쩌려고 그러니…"

지난밤 남편의 혼잣말 같은 그 한마디에 베갯잇 적시고 잠이 들었습니다.

이상한 소비습관

어쩌다 친구가 와서 물을 쏟으면 탁자 위에 있는 사각 휴지를 너댓 장이나 쑥쑥 뽑아서 닦습니다. 애고고…! 한 장 한 장 뽑을 때마다 간이 오그라드는 느낌입니다. 나는 코 풀 때 두루마리 휴지도 두 칸 이상 사용하지 않는데… 아까운 사각휴지!

울 남편, 설거지 해준다며 온수를 콸콸 틀어놓고 세월아 네월아 하고 있으면 뜨거운 물 아까워서 굳이 그만하라고 밀어냅니다. 종이접시, 플라스틱 스푼, 종이컵…. 일회용이라고 만든 물건들은 몇 번을 사용해도 얼마나 멀쩡한지 모릅니다. 이렇게 아끼고 사는 걸보면 대단한 부자라도 되어 있어야 하지만….

사람들마다 소비 습관이 다르고 아깝게 생각하는 것이 다른 듯합니다. 어떤 이는 밥값만큼 비싸진 커피 값이 아깝다 하고, 어떤 이는 여행비가 아깝다 합니다. TV를 틀면 안방에 앉아서 세상 곳곳을 비춰주고 설명까지 붙여주는 다큐멘터리가 넘쳐나는데 왜 굳이 비싼 돈 들어서 여행을 가느냐는 거지요. 틀린 말도 아닙니다.

소위 명품이라 불리는 브랜드. 어떤 사람들은 명품 백 하나 장만하느라 거의 목숨을 거는 이들도 있다합니다. 어쩌다가 장만한 명품 백, 비라도 갑자기 내리면 행여 물이라도 한 방울 튈까 고이 외투 속에 넣고 애기 다루듯이 다룬다네요. 나라고 명품 가방이 왜 싫겠습니까만, 내 옷장에는 눈을 닦고 살펴봐도 명품다운 물건이 하나도 없네요. 하긴, 내가 그런 가방을 멘다한들 비닐 백으로 보일 터라 굳이 명품을 들고 다닐 필요도 없습니다.

하지만 내 신발은 가히 명품이라 생각합니다. 봄에 세일할 때 한번 사면, 한여름을 제외하고 5년 정도 눈이 오나 비가 오나 줄곧 신고 다닙니다. 보통 3년 정도 내리 신고 나면 탈이 나기 시작하지요. 수선 가게에서 수선하고 신으면 5~6년은 거뜬히 신을 수 있습니다. 7년을 계속 신었던 신발이 있었는데요, "고객님, 이 제품은 더 이상 나오지도 않을뿐더러 지금 상태로는 수선이 불가능합니다."라는 대답을 듣고도 버리지 못하고 신발장에 넣어두었습니다. 오랜 시간 동안 나에게 길들여진 신발. 내가 생각하는 '명품' 신발이 아닌가합니다.

집에서야 언제나 추리닝 바지에 스웨터차림이지만 출근할 때는 제법 반듯한 옷을 입고 가야합니다(옷차림 때문에 윗사람에게 불려간 사람은 우리학교 개교 이래 아마 내가 처음이지 싶네요). 항상 생각하지만, 차라리 교복이 하나 있었으면 편하겠습니다. 유행이야 상관 않는다지만, 자꾸만 살이 찌니 지난 해 입었던 옷을 올해는 입지 못합니다. 작년에도 벌거벗고 살았던 것은 아닐 텐데, 아침마다 입고 출근할 옷이 하나도 없는 건 무슨 조화인지 모르겠네요. 나는 옷 사는 돈이 아깝습니다. 떨어지지도 않았는데 다시 사야하다니!

남자들은 멋진 자동차에 목숨 걸지요. 시골에 집이라도 한 채 장만했다면(농막일지라도), 각종 공구 수집에 열을 올리는 사람들이 많습니다. 우리 남편도 다르지 않네요. 한번 쓰고 말 것을 굳이 사 모으는 이유를 모르겠네요.

우리 동네 철물점 주인은 "또 오셨어요?"라고 인사합니다. 때로는 분명 샀는데 어디 두었는지 몰라서 다시 사는 경우도 있습니다. 드릴도 스페너도 해머도 이름 모를 그 모든 장비들을 빈틈없이 갖추었건만 고장 난 창고 문손잡이는 몇 년째인지… 그나마 자동차를 바꾸는

습관보다는 훨씬 경제적이지만요.

울 남편은 여러 가지 취미 중 특히 쇼핑하는 것을 즐깁니다. 대형 쇼핑몰에 가면, 남들은 여자 때문에 머리가 아프다던데 나는 울 남편이 서성대는 가게 앞을 가로막기에 바쁩니다. 작년에 새로 산 바지는 올해 가격표도 뜯지 않은 채 발견했으며, 살 때는 갖은 이유를 달지만 정작 구입하고 난 뒤에는 봉투도 열어보지 않는 걸 보면 사서 사용하거나 착용하기보다는 사는 과정을 즐기는 사람 같습니다. 전생에 아줌마였는지, 마트나 시장에 가면 뻔히 집에 있는 물건이나 채소도 싸다는 이유로 무조건 사옵니다. 어제 샀는데 다음날 세일 하면 또 사옵니다.

우리 부부 갈등 방지 차원에서라도 홈쇼핑과 '1+1 행사'는 없어져야 할 마케팅이라 봅니다.

남들은 도로변 주유소의 가격표를 읽고 다니나 봅니다. 어디가 제일 싼 지 비교하고 꼭 그곳에서 기름을 넣더군요. 저는 그런 거 모릅니다. 기름이 떨어지면 젤 가까운 곳에서 주유를 하고, 마트에 가서도 필요한 물건은 가격표를 확인하지도 않고 카트에 담습니다. 그래서 아직도 라면 가격을 모릅니다. 나쁜 소비습관이지요.

그뿐이겠습니까? 옷이나 신발은 한번 사면 떨어질 때까지 고집하면서 새로 나온 신기한 전자제품은 돈 아까운지 모르고 꼭 사들입니다. 물론 고장 날 때까지 쓰긴 하지만 장난감처럼 몇 번 주무르다 베란다에서 먼지가 쌓이는 경우가 대부분이죠. 따지고 보면 울 남편보다 훨씬 돈이 많이 드는 이상한 소비습관을 가졌습니다.

아깝다고 생각하고 아끼는 특정 물건들은 각자의 경험에서 비롯된 이상한 습관인 듯합니다. 지지리 궁상으로 입고 다니면서도 밥값, 술

값은 꼭 내가 내야 직성이 풀리며 아깝다는 생각이 전혀 들지 않습니다. 길 가다가 새로운 카페가 있으면 꼭 들러서 종류대로 맛을 봅니다.

하지만 탁자 위의 사각휴지는 치워버릴까 고민 중입니다. 쓰라고 두었는데 쓰는 게 아까워서 미칠 지경이라면… 더러는 한번 마시고 버리는 일회용 커피 컵이 아깝다며 집으로 가져와 씻어서 계속 사용합니다. 알뜰하다구요? 그 컵에 담겨있던 커피, '케냐 드립커피' 한 잔 가격이 얼마인지 아신다면….

종이컵 백 개 아껴 쓰면 뭐 한답니까? 커피 한 잔 안 마시면 그만인 것을! 뻔히 알면서도 못 고치는, 논리적으로는 도저히 설명될 수 없는 나의 이상한 소비습관입니다.

역설적인 프랑스

"프렌치 파라독스!"

프랑스인들에 대한 역설적 현상을 말합니다. 프랑스인들은 미국인에 비해 기름진 음식을 2배나 섭취하는데도 비만인 사람들이 없고 심장병과 암 발병률이 낮다고 하여 붙여진 말이라지요? 덕분에 한동안 우리나라에도 포도주 붐이 일었었지요. 확실히 내가 그곳에 사는 동안 43kg에 44 사이즈였으니, 끊임없이 퍼마셨던 포도주 때문일지도…. 하지만 정작 내가 생각하는 '프렌치 파라독스'는 그네들의 생활습관과 사고방식에 있는 듯합니다.

'프랑스 유학생'을 떠올린다면 부유한 집안의 자제가 음악이나 미술을 전공하며 샹젤리제 거리의 '포숑'에서 에스카르고와 포도주를 기울이는 장면을 연상 하실런지도…? 물론, 그런 부유층 자제들도 한 두 명은 있겠으나 내 주변 유학생들은 하나같이 지지리 궁상이었네요.

너도 나도 떠나는 유럽 여행. 여러분도 가셨다면 파리에 있다는 에펠탑과 개선문을 보지 않으면 안 되겠지요? 하지만 그 아래를 수도 없이 지나다녔던 나는 에펠탑도, 개선문도 올라가 보지를 못했네요. 기회가 없어서 그랬던 게 아니라 요금이 너무 비싸서… 입장료를 보면 미술관이든 박물관이든 입이 딱 벌어집니다.

낭만과 유행의 도시를 상상하다가 파리에 도착하면 여지없이 환상이 깨어집니다. 먼저, 아름다운 세느강은 녹색 똥물이요, 거리마다 넘쳐나는 개똥과 담배꽁초, 지하철과 거리엔 떼거리로 몰려있는 노숙자들…. 뿐이던가요? 지린내와 구린내가 오묘히 조합된 지하철 냄새! 향수가 발달된 이유를 알고도 남을 지경이겠지요.

눈 닦고 찾아봐도 화장실은 없으며 지하철을 기다리면 100년을 넘긴 고물 전동차가 나타납니다. 직접 손잡이를 돌리지 않으면 열리지도 않는, 박물관에 있어야 할 소품이 지금도 달리고 있는 셈이지요. 인터넷은 어떻던가요? 클릭하고 삼박사일을 기다려야 화면이 나타나는, 선사시대 풍경입니다.

혹시 여러분 가운데 급한 성격 때문에 성격 개조가 필요하신 분이 계신지요? 프랑스로 가십시오. 한 6개월만 살다보면 인내심의 한계가 어디인지 깨닫게 됩니다.

언제 어디서든 일사천리로 척척 진행되는 한국과 달리, 막힌 싱크대 구멍 하나 뚫는데 석 달 하고도 열흘이 걸립니다. 예약하는데 한 달, 와서 이리저리 들여다보기만 하고 돌아가서는 다시 나타나는 데 한 일주일, 그리고 고치는 데는 두어 달 정도 걸립니다(고쳤다는데 다음날 다시 막힙니다. 뭘 어떻게 고친 건지…).

관공서라고 다르지 않습니다. 예약하고 줄서서 기다리고 일처리 하는데 꼬박 몇 달이 걸립니다. 게다가 공무원들은 사람 앞에 세워놓고 전화 받고 낄낄대고 코 후비고… 지 할 짓 다 합니다.

프랑스 의료 시스템이 부럽다구요? 물론 거의 공짜입니다. 하지만, 병원 예약하고 첫 진료 받는 데까지만 한 달이 걸립니다. 진료 받으러 가서 기다리는 데 하루 걸리며, 온종일 기다려 만난 의사는 나이와 직업과 특별한 증상이 있는지 등등 동네 약방에서나 물어볼 질문 몇 가지만 하고 끝내 버립니다.

약간 심각한 상황이면 큰 병원으로 예약하는데 또 다시 한 달 걸리고, 이윽고 나타난 의사들의 의료장비를 보면… 구석기시대 유물을 들고 나타납니다. 병원에서 갖가지 '고대 유물'로 검사하는 데 다시 두어 달. 검사 결과가 암이라면 채 치료받기도 전에 기다리다 죽을지도 모릅니다. 때문에 그곳 교민들은 심상찮다 싶으면 재빨리 한국으로 건너옵니다.

프랑스의 멋진 건축물들이 종종 부럽기도 합니다. 우리나라 건축물은 뭐든 쉽게 고치고 세웁니다만, 프랑스에서는 새로 짓는 것도 고치는 것도 머리가 아픕니다. 도시 전체의 미학에 어울리지 않으면 아무리 비싼 건물도 승인이 나지 않으며, 집을 고치는 데도 인부임금이 뒷목잡고 쓰러질 정도이다 보니⋯. 이에 프랑스 사람들은 직접 만들고 고치는 작업을 '브리꼴라쥬'라고 부르며 여가 활동으로 즐깁니다.

세느강 근처 사마리텐 백화점이 리모델링을 한다나요? 언제 다시 문을 여나 하고 담벼락 안내문을 살펴보니, 헐~ 10년 후에 완공이라네요. 예술품 복원도 아닌 시도 때도 없이 들락거리던 백화점 리모델링에 10년이라니! 하긴, 울 학교도 리모델링 6년 걸려 했습니다. 뭐가 변했나 하고 들어갔더니 나무로 되어 있던 마룻바닥이 시멘트인지 돌멩이인지 재료는 모르겠으나 여하간 불에 안타는 소재로 바뀌었을 뿐 불편한 예전 구조는 그대로더군요.

지하철을 타면 각종 거지들을 종류대로 구경하게 됩니다. 형태별로 따지자면 막무가내 구걸형(주로 집시들), 주장형(말쑥하게 차려입고 지가 직장을 구하지 못한 것은 사회의 책임이라 주장하는), 장애형(임신, 지체장애 등등), 공연형(노래, 연주, 심지어는 인형극 공연) 등등⋯ 개중에 가장 돈을 많이 받아가는 것은 '주장형'이라는 사실! 그 다음이 '공연형'인데, 공연의 질에 따라 걷히는 돈이 다릅니다. '주장형'에 적선하는 사람들은 프랑스 사람들이고 '공연형'에 돈을 주는 사람들은 관광객들이지요.

자세히 들여다보면 프렌치 파라독스는 엉뚱한 데서 나타납니다. 말만 잘하면 공짜일 수 있고 말 못하면 무엇이든 바가지인 프랑스입니다. 의무 병역제도인 프랑스는 1년 간 군복무를 해야 합니다. 그런데 본인이 가지 않아야 할 이유를 논리적으로 따박따박 잘 주장하면 면제라네요.

프랑스에서 유명하다는 TGV열차를 아시나요? 우리나라가 그곳에서 KTX를 수입했다지요. 파리에서 머나먼 남쪽 마르세이유 항구까지 6시간 만에 주파하는 고속열차지요. 완행열차로 12시간 쯤 걸릴 거리인데…. 그런데 고속열차를 타건 완행열차를 타건 가격은 같다는 사실! 서울에서 부산까지 KTX를 타든, 비둘기호를 타든, 거리가 같으면 요금도 같다는 결론입니다. 고속 지하철(RER)도 거리가 같으면 일반 지하철과 요금이 같습니다.

요즘 한국에서는 무상급식이니, 노인 연금이니 등등으로 시끄럽네요. 소위 유럽형 복지국가를 만든다나요? 그곳에서 세금(및 복지 분담금)을 얼마나 내는지 따져보고나 하는 말인지…. 100만 원의 월급을 받으면 50만 원 이상을 세금으로 냅니다. 소득에서 뜯기는 어마어마한 세금 외에도 물세, 전기세, 각종 공공요금이 얼마나 무서웠으면 모두들 한겨울에 두꺼운 외투입고 덜덜 떨며 지내며 웬만한 거리는 걸어 다닙니다(이러니 살이 찔 새가 없었지요). 어쩌다 한국에서 손님이라도 다녀가면, 다음 달 전기세와 물세로 살림이 거덜 납니다.

거짓말 같나요? 사실입니다!

몇 해 전, 피가로 신문에 대서특필된 기사제목은 "프랑스 사람들은 저축보다는 세금내기를 더 좋아한다."입니다. 대대적인 의식구조 설문조사 결과라지요. "절세 재테크"를 운운하는 나라에서 왜 프랑스 형

복지정책을 적용하려는지 정말 모를 일입니다(내 월급에서 반을 뚝 잘라서 세금으로 내라하면 좋아라고 낼 사람이 몇 명 일는지). 사회구조와 사고방식이 다른데 왜 갑자기 결과물만 베끼려는지 안타깝네요.

AS가 우리나라만큼 친절하고 신속하게 되는 나라는 아마 없을 것입니다. 거리 곳곳에 언제 어디서든 이용할 수 있는 깨끗한 화장실. 최첨단 의료기술과 장비. 게다가 예약에서 입원과 치료에 이르기까지 재까닥 이루어지는… 아! 무엇보다도 얼마나 따뜻하게 살 수 있나요? 여름엔 어딜 가나 에어컨이 있습니다. 수년 전, 프랑스에 폭염이 있었을 때 수천 명이 더위로 사망했습니다. 시체 안치소도 얼음도 모자라서 엄청난 소동이 일었던… 선진국은 개뿔! 어이없는 후진국이죠(그곳에는 에어컨은커녕, 선풍기도 거의 없습니다).

이렇게 바리바리 욕하면서도 왜 여전히 그곳을 떠나지 못하고 있느냐고 물으신다면… 마찬가지로 '역설적인 프랑스' 때문입니다.

'구석기 유물' 같은 장비 이면엔 콩코드나 우주과학 등 최첨단의 기술이 존재하고, 거리의 비참하고 고독한 개개인들 뒤로 인간 존재에 대한 철학이 있으며, 말도 안 되는 똥고집을 부리지만 '관용'이 무엇인지 아는, 은근히 매력적인 나라이기 때문입니다. 그 외에도 부러운 점이 많습니다만 무엇보다도, 프랑스 정부에서 제공되는 멋진 화실과 많지는 않지만 꼬박꼬박 나오는 연금을 포기하기는 어렵겠지요?

…

글 재료가 떨어져서 이번엔 멀리 프랑스로 튀었습니다. 다분히 개인적인 경험이니 그러려니~ 하고 웃으며 읽으셨으면 하는 바람입니다.

인생의 절반을 그곳에서 살았던 울 남편. 아직도 그곳에서 일 년 중 반을 살고 있지만, 몇 년 후 영주권 갱신 기간이 돌아오면 영영 짐 싸

들고 돌아올 예정입니다.

나이가 들면, 내 형제 내 가족이 있는 우리나라만큼 살기 좋은 곳은 없는 듯합니다.

주택보험

이담에 화실 지으면 젤 먼저 주택보험을 들려고 합니다. 익히 들은 바에 의하면, 화재나 천재지변이 있을 때, 그리고 도둑이 들었을 때도 보상을 받을 수도 있다나요?

지난 번 된장국을 불에 올려두고 목욕을 갔다가 탕 속에서 김이 모락모락 오르는 장면에서 '앗차!' 하고 집으로 달려온 뒤로, 자나 깨나 불조심입니다. 거실은 온통 연기가 자욱했고 불이 나기 일보직전이었죠.

내가 주택보험의 혜택을 받은 것은 프랑스에서 유학을 하던 시절이었습니다. 당시에는 알자스로렌의 낭시라는 도시에서 심리학을 전공하고 있었지요. 그곳은 독일과 접경지역이고, 겨울이면 눈도 꽤 많이 내리는 추운 지방이었습니다. 임상심리는 생각 외로 어려웠고, 불어를 익히는 것도 어려운 일이었네요. 아무도 아는 이 없는 낯선 도시에서 겨울을 나는 일은 참으로 쓸쓸한 일이었습니다. 전기 라디에이터가 있었지만 엄청난 전기세가 두려웠기에 매일 밤 두꺼운 파카를 입고 침대 속으로 기어들어 갔었던…

언젠가부터 점점 침대 밖으로 나오기 싫어졌고 하루 한 번, 겨우 빵을 사러 나오는 것이 일과의 전부가 되었습니다. 겨울철 습기가 많은 프랑스. 난방을 하지 않으니 방 이곳저곳에 검은 곰팡이가 피기 시작합니다. 학교를 결석한 지 보름정도 되었을 때, 뜻밖에 지도교수가 우리 집 초인종을 눌렀습니다(지금 생각을 해봐도 교수가 결석하는 학생의 집을 찾아오는 일은 흔한 일이 아닙니다). 내 상태를 보고 깜짝 놀란 그 교수님. 친구의 집에 베이비시터로 소개를 해주었습니다.

학교 바로 앞에 있었던 그 집은 아이들이 다섯이나 있는 산부인과 의사 집이었네요. 그 부부는 독실한 가톨릭 신자였으므로 아이들이 많을 수밖에 없었지요. 내 방은 6층 다락방, 신데렐라가 살았다던 '하녀 방'이었습니다. 하지만 따뜻한 라디에이터가 있었고 넓었지요. 내 일과는 하루 한 시간씩 아이들을 돌봐주는 것이었지만, 아이들이 나를 돌봐주는 일이 더 많았습니다.

다섯 살짜리 마틸드에게 동화책을 읽어주거나 6개월 갓난쟁이에게 우유를 주거나… 하지만 11살, 9살이었던 남자아이들과 8살인 세골렌느의 경우에는 엉성하고 서툰 나를 도와주는 일이 더 많았지요.

기나긴 겨울이 지나고, 부활절 바캉스가 되었습니다. 2주간의 방학인 셈인데 도서관도 빵집도 문을 닫고 모두들 여행을 떠나곤 하지요. 주인집도 어디론가 여행을 떠나고 나도 서해안 지역인 '쌩 말로'로 바캉스를 떠날 계획이었습니다.

아무도 없는 집! 드디어 눈치 보지 않고 목욕을 할 기회가 왔습니다. 그동안 샤워만 간단히 하고 살았기에, 모처럼 때수건을 챙겨 묵은 때를 벗기리라 작정을 하고 목욕물을 받았네요. 참! 밀린 세탁물이 떠올랐습니다. 학교 앞 세탁실을 이용하면 꽤 많은 돈이 필요하니 이 틈에 그동안 밀린 세탁물을 모조리 가지고 내려왔지요. 생전 처음 보는 '통돌이 세탁기'에 세탁물을 집어넣고 작동법을 몰라 헤매다가 어찌어찌 돌려놓고 목욕물을 받아놓은 욕실로 향했습니다.

묵은 때를 벗기는데 한 시간 정도 걸렸을라나요? 상쾌해진 마음으로 세탁기가 있는 욕실 문을 여는데… 아뿔싸! 방문을 밀고 나오는 거친 물살! 삶을 살면서 그때처럼 황당하고 놀란 적도 없는 듯합니다. 세탁기의 문이 덜 닫혀 있었고, 한 시간 내내 틀어놓은 물이 작은 욕실을 가득 채우고 있었던 겁니다.

아시다시피 프랑스의 욕실에는 수체구멍이 없습니다. 대책 없이 흘러나온 물살은 마루를 지나 안방까지 흘러 들어가고… 나는 정신없이 쓰레받이를 찾아서 물을 퍼내려고 했지만 역부족이었습니다. "메르드! 메르드!" 프랑스에 살면서 그때만큼 혼자 욕설을 했던 적도 없네요.

한참을 물과 전쟁을 치르고 있는데 초인종이 울립니다. 아래층 아저씨가 올라왔네요. 천정에서 물이 콸콸 쏟아져서 침실이 다 젖었다는군요. 옹색한 나의 변명이 이어지는 동안 복도에서 '세느강'을 발견한 아저씨가 함께 물을 치워주었습니다(닦을 수준이 아니라 퍼내야 하는 수준이었죠).

상황 종료 후, 나는 책상에 앉아 주인집 내외에게 장문의 편지를 썼습니다. 큰 실수를 했노라고… 무슨 수를 써서라도 모두 변상하겠노라고… 하지만, 어마어마할 복구비용을 떠올리니, "유학 접고 집에 가라."는 신의 계시처럼 느껴지더군요. 어쩌면 평생을 그 집에서 하녀노릇을 해야 갚을 수 있을지도 모를 일이었습니다.

그 다음날 혼자 떠난 쌩 말로 여행은 심란할 것 같았는데 외려 차분했던 것 같습니다. 아니, 착잡했지요. 하던 공부를 접고 다시 한국에 가면 무엇을 해야 할까, 복구비용은 얼마나 들 것이며 어디서 돈을 구하나…. 그런 생각들을 하며 며칠을 지냈으니까요.

여행에서 돌아왔을 때, 주인집 부부는 나를 저녁식사에 초대를 했습니다. '주택보험'을 들어두었으니 걱정하지 말라고 했지요. 주택도 보험을 들 수 있다는 것을 그때 처음 알게 되었습니다. 그 건물은 19세기에 지어졌으므로 거의 모든 사람들이 주택보험에 가입이 되어 있다고 했습니다. 내가 저지른 짓을 다 갚으려면 십 년 정도는 베이비시터로 무료봉사를 해야 했지만, 나는 몇 달 후 전공을 바꾸어 파리로 떠나왔지요.

1년 후, 주인집 마담에게서 크리스마스에 찍은 가족사진과 함께 편지가 왔더군요. 아이들이 아직도 내 얘기를 하며 그리워한다고. 사진 속에는 내가 보지 못한 여섯째 아기가 함께였습니다.

…

나에게 항상 친절했던 그 지도교수님. 이후에 한 번도 찾아뵙지 못했네요. 파리로 전공을 바꾸어 전학 갈 때 추천서까지 써주셨는데…. 그리고 내가 돌봤던 그 아이들도 다시 보지 못했습니다. 지금은 그 꼬맹이들도 결혼할 나이가 지났군요. 모르긴 해도, 주인집 부부는 평생 나를 잊지 못하겠지요? 내가 그런 것처럼.

길치

　노래를 잘 부르지 못하는 음치, 춤을 잘 추지 못하는 몸치, 그리고 길을 잘 찾지 못하는 길치! 삼박자를 두루 갖춘 듯한 나는 평소 일상 생활에서 가장 불편함을 느끼는 것이, 길을 찾지 못하는 길치라는 사실입니다. 노래야 안 부르면 그만이고, 이 나이에 춤을 출 일도 그리 없으나 어디엔가 찾아가야할 일은 끊임없이 생기니까요.

　이틀 전, 지인과 점심 식사약속이 있었습니다. 예전에 한번 만나서 식사를 했었던 곤드레밥 집이었지요. 아~ 하필이면 그 식당은 새로 생긴 교동 택지에 위치해 있습니다. 방금 제가 강릉의 교동 택지가 새로 생겼다고 했나요? 10년 전에 조성되어 지금은 먹을 만한 식당들과 술집들이 모두 그곳에 모여 있는 곳입니다만, 나에게는 갈 적마다 새롭게만 느껴지네요. 어디가 어딘지….

　고마운 스마트폰 앱이 있으니 장소를 찾는데 크게 어렵지는 않았습니다. 목적지에 도달했다는데 복잡한 곳이라 주차할 곳이 없네요. 이리저리 찾다가 60m떨어진 곳에 안전하게 주차를 했습니다. 이때, 반드시 주의할 점은 내 차의 위치를 찾을 수 있는 지표를 알아두는 것이지요. 'XX 낙지집'! 이곳은 직장 동료랑 수도 없이 먹으러 왔던 유명한 곳이지요. 간판도 빨간색이라 쉽게 찾을 수 있을 듯합니다.

　그런데… 우리가 만나기로 한 식당이 보이질 않네요. 나보다 더한 길치인 울 남편은 없는 것보다 함께 있을 때 더 헷갈리게 합니다. 가장 간편한 방법은 사람들에게 물어보는 것이지요. 바로 60m앞에 있네요. 맛나게 함께 식사를 하고 우리는 식당 바로 앞에 있는 커피숍에서 커피를 한잔 마셨습니다.

지인이 다니는 직장까지 태워다 주겠다고 장담하고, 나는 먼저 차를 찾으러 나갔습니다. 'XX 낙지집'을 찾아 길을 헤매었지만 어디에도 내 차가 보이질 않네요. 걱정 없습니다. 길 찾기 앱이 있으니까요. 어라? 하필이면 그 낙지집이 검색이 되지 않네요. 진땀 흘리며 헤매고 있는데 남편에게서 전화가 왔습니다. "차 못 찾아서 헤매고 있지?" 이때 앞에 사람이 한 명 지나가기에 "거의 다 왔으니 걱정 말고 기다리세요." 하고 얼른 끊었습니다. 'XX 낙지'는 유명한 식당이니 멍청한 내비는 모르지만 인근 주민들은 모두 그곳을 알 것입니다.

"죄송하지만 근처에 XX낙지집이 어디인가요?" 아주머니는 저 멀리 반대쪽을 보시며… 낙지집이 있긴 한데 이 근처가 아니고 한참 먼 곳에 있다고 합니다. 식당에서 코앞이었는데 한참 먼 곳일 리가 없지요. 그렇게 그 근처를 진땀 흘리고 찾고 있는데 다시 남편에게 전화가 왔습니다. 차 앞에 있으니 빨리 오라는군요. 주차할 때 함께 있지도 않았던 지인이 내 차를 찾았답니다.

아까 그 아주머니 말처럼, 내 차는 내가 헤매던 곳에서 한참이나 떨어진 곳에 있었습니다. 나는 정반대 방향에서 길을 잃고 허둥댄 거지요.

남편과 지인을 발견했을 때 나는 원망스런 듯 식당 간판부터 쳐다보았습니다. 어라? 'XX 낙지집'이 아니고 'XX 식당'이었네요. 그러니 네비에 검색이 안 되지! 술을 마신 것도 아니요, 밤길도 아닌데 길을 잃고 헤매는 내가 어이없다는 표정이었지만 나는 남들이 이해 못할 정도로 심각한 길치입니다.

남자들은 여자들에 비해 대부분 공간 지각력이 뛰어납니다. 내비 언니의 목소리가 수다스럽다며 무시하고 달려도 신기하게 지름길을 찾아내는 능력을 가진 사람이 참 많더군요. 물론 울 남편과 같은 예외는 있지만요.

울 남편은 자타가 공인하는 길치입니다. 등급으로 따지자면 나보다 훨씬 상위등급인 듯합니다. 귓갓길에 집을 찾지 못해서 공중전화에서 전화를 한 적도 있고(결국 어머니가 데리러 나오셨다지요), 오른쪽과 왼쪽을 항상 헷갈려하며 위와 아래도 구분을 하지 못합니다. 지도를 보는 것을 좋아하지만 지도는 그림일 뿐, 길을 찾는 것과는 상관이 없습니다. 그러면서도 여행 갈 적마다 안내소에서 지도는 왜 꼭 받아 오는 겐지….

사실 내비가 유용하긴 하지만 나에게는 난해할 때가 많습니다. 500m 앞 우회전이라는데 500m가 어느 만큼인지 가늠이 되지 않을 때가 대부분이지요. 그래서 한 블록 앞에서 우회전 하거나 지나가기 일쑤입니다. 시내에서야 한 블록 돌아오면 그만이지만 고속도로 출구에서는 바짝 긴장을 해야 합니다. "경로를 이탈하여 재검색 합니다." 라는 원망스런 말을 수도 없이 들었던 것 같네요.

옆에 앉은 울 남편 때문에 더 헛갈립니다. 길만 못 찾는 것이 아니라 거리 가늠을 못하는 것도 나랑 마찬가지인데다 결정적인 순간에 엉터리 지시를 일삼는 터라….

이렇듯 부부가 쌍으로 길치다보니 해프닝이 참 많습니다. 우리 부부의 공통 취미는 여행이니 오죽할까요? 스페인에서는 호텔을 찾지 못해 반나절을 고생했고, 중국에서는 커다란 공원에서 출구를 찾지 못해 일행들을 놓칠 뻔 한 적도 있지요. 중국어를 못하니 물어보기도 어렵고, 하는 수 없이 할머니 한 분 붙잡고 땅바닥에 "出口" 라고 적었더니 가르쳐주었습니다. 포르투갈에서는 신트라 성에 가려다 산속에서 반나절을 고생했고요(하마터면 남의 나라 산속에서 비박할 뻔 했습니다),

우리 시골집이 처음 생겼을 때는 들어오는 입구를 놓쳐서 남의 동네에서 한참 방황하다 온 적이 한 두 번이 아니었지요. 아파트에서 딸랑 4㎞거리인데…(이런 저런 길 잃은 얘기들은 책 한 권 분량이니 이만 총총!).

나는 길을 찾지 못하는 것이 수학과 밀접한 연관이 있다고 믿습니다. 특히 위상수학이나 역전이 능력(거꾸로 배열하는 능력)과 관련 있으며 공간 지각능력과 직결되어 있는 듯합니다. 고등학교 때 수학 0점을 받았던 나는 길을 찾지 못하는 것이 당연하다 생각합니다. 3차원은 고사하고 2차원도 해결이 안 되는 울 남편은 고등학교 적 미적분을 쉬이 풀었는데 지금은 하나도 생각이 안 난다고 뻥을 칩니다. 흥! 절대 믿을 수 없는 뻥이지요. 고등학교 친구들 모두 S대 출신인데 혼자만 그림 그린다고 미대 간 실력이니….

몇 해 전, 서울에서 친구가 놀러온 적 있습니다. 해마다 두어 번씩 놀러오는 친구지요. 도착해야 할 시간이 한참 지나서야 양양에서 전화가 왔습니다. "언니야! 북 강릉 출구가 한참 지났는데 〈아름다운 소금강〉 간판이 안 나와요!" 그렇습니다. 그 친구가 지표로 삼고 있었던 커다란 소금강 그림이 평창에 올림픽이 유치되면서 〈Yes 평창!〉으로 잠시 바뀌어 있었지요.

올 겨울 그 친구는 바쁜가봅니다. 표지판이 다시 〈아름다운 소금강〉으로 걸려있는데 아직 놀러온다는 소식이 없는걸 보면….

참고로 그 친구는 "오른쪽으로 좌회전~."이라고 길을 안내하는 친구입니다. 어쩔 바를 모르고 직진했더니 목표지점이 나왔던 신기한 경험도 했네요.

…

길치 중에서도 상급 길치이지만 살아남는 방법은 다 있는 것 같습니다. 나의 경우는 혼자 찾아가는 능력이 허술해서 그렇지 '길을 물어보는 능력'은 탁월합니다. 파리에서는 지하철이 끊긴 시간, 엄청난 택시비가 아까워서 묘수를 쓰기도 했습니다. 경찰차를 붙잡고, "길을 잃었어요." 하면서 우리 집 주소를 들이댔지요. 이럴 때는 불어를 사용하면 안 됩니다. 영어로. 경찰차 잡아타고 안전하게 집까지. 물론, 헤어질 때는 "땡큐~ 사요나라~." 하면서요.

건망증

한 달 전, 신고 다니던 신발을 잃어버렸습니다. '늘 신고 다니던 신발인데 설마하니 어디선가 나오겠지…' 하며 검정색 슬리퍼로 버텼더니 드디어 2주 만에 발견되었습니다.

가끔씩 가던 두부찌개 집 신발장에서!

나 때문에 손님의 신발값을 물어주었다던 주인아주머니는 그날부로 '신발 잃어버리면 손님 책임'이라는 취지의 문구를 각종 찌개메뉴 옆에다 써 붙여 놓았더군요.

여러분도 한번 쯤 냉장고 문을 열었다가 왜 열었는지 한참을 생각하다 그냥 닫은 적이 있지요? 대부분 원래 있었던 자리로 돌아오면 그게 뭐였는지 생각납니다. 눈치 빠른 사람은 되돌아오는 길에 다시 냉장고로 갑니다. 부럽습니다.

급한 서류를 작성하다가 목이 말라 냉장고로 갑니다. 열었다가 왜 냉장고를 열었는지 생각나지 않아 다시 닫습니다(여기까지는 정상입니다). 그리고는 뜬금없이 화장실로 갑니다. 볼 일을 보다가 잔뜩 밀린 빨랫감이 눈에 보입니다.

마음먹고 세탁기를 돌립니다. 물론 세제 넣는 것을 또 잊어서는 안 되겠지요?

아차! 뭐 하던 중이었지? 정신줄 챙겨 다시 책상 앞으로 갑니다. 목마른 것도 잊고 서류 작성이 마무리 될 즈음 탈수기 돌아가는 소리가 들립니다.

"비 오는 날 세탁기는 누가 돌렸지?" 합니다.

아마 이 정도는 여러분도 한두 번 겪었지 않았을까요?

하지만 제목에서 말하고자하는 '건망증'이 되려면 아래의 여러 단계를 거쳐야합니다.

우리 모두 마트에 가서 정작 사야하는 물건을 빠뜨릴 때가 있습니다. 당신은 아니시라구요? 그렇다면 비정상입니다. 나이 오십 줄이면 정신줄도 같이 가는 게 정상입니다.

우리는 이럴 때를 대비해서 일일이 쪽지에 적어갑니다. 그런데 마트에 가서 보면 쪽지를 집에 두고 왔습니다.

기적적으로 쪽지를 가져온 날은 꺼내서 읽는 것을 잊어버립니다.

"오늘 특별 세일~ 삼겹살 600g이 반값!"이었기 때문에….

여기까지도 모두들 겪은 바 있을 테니 아직은 정상 단계에 속합니다.

그러나 계산대에서 두부가 두 개, 커피믹스가 두 통이 나오면 건망증 1단계에 속합니다. 카트에 넣었던 물건들을 깜박 잊고 또 넣었으니까요. 이때라도 계산 잘 하고 마일리지 카드까지 찍었다면 너무 걱정할 필요는 없겠지요.

집으로 돌아오는 길에 허전해서 생각해보니 시장 본 물건들을 두고 왔군요. 차를 돌리며 어이없는 실수에 속상하다면 그나마 걱정할 단계는 아닙니다. 그런데 히죽히죽 웃으며 "내가 그렇지 원~."이라고 생각했다면 이것이 2단계에 속합니다(당신은 전에도 여러 번 그랬군요).

집에서 설거지를 하고 있는데 주문을 한 적도 없는데 마당으로 마트 배달차량이 쓰윽 들어옵니다.

"아주머니 아침에 두고 가셨더군요." 하면서 마트 직원이 장 본 물건을 건네준다면 3단계입니다. 즉, 내가 말하는 건망증 단계지요.

아마 여러분들은 지금쯤 너도나도 이렇고 저런 건망증 시리즈를 떠올리며 이건 약과다 하시겠지요? 하긴, 그 다음 종결단계가 존재한다는 걸 아직 모르시니까요.

연구실에서 잠시 컴퓨터 앞에 앉았습니다. 때는 오월, 벚꽃이 지고 있던 금요일 오후였습니다.

지는 햇살이 너무도 아름다운 오월입니다. 이런 날 연구실에 틀어박혀 나는 뭘 하고 있나요? 이제 가면 다시 안 올 지도 모를 오월이 아니던가요? 주섬주섬 물건을 챙겨서 집으로 왔습니다. 물론, 오는 길에 경포 호수를 한 바퀴 돌고 아름다운 오월을 만끽하며… 내친 김에 화원에 들러 파키라 화분 하나 사들고(단골이니 좀 깎아 달랬더니 딸랑 천 원 깎아 주더군요).

라면 하나 끓여먹고 나니 어느새 어둑어둑해집니다.

내가 뭐랬던가요? 봄날 지는 해는 짧다지 않습니까.

이때 전화벨이 울리고 수화기 저편에서 학생의 목소리가 들립니다.

"교수님 어디세요?"

"집인데 왜?"

"……"

그렇습니다.

수업 중이었습니다.

세 시간 수업이 지겨워서 도중에 20분 간 휴식을 가졌더랬지요. 입고 간 가디건, 출석부, 교재는 강의실에 그대로 펼쳐둔 채…

커피 한잔 타먹겠다고 연구실로 내려갔었네요.

연구실 불이라도 *끄고* 나갔더라면 학생들이 눈치 채고 좀 더 일찍

전화했을 터인데….

어릴 적 엔 입고 다니던 교복 윗도리를 잃어버렸고, 교과서, 우산, 시계… 원망스런 보온도시락은 왜 두고 나왔는지 중학교 때는 그놈의 도시락 때문에 매번 한밤중에 학교를 다시 가야했습니다(덕분에 수위 아저씨랑 친해졌지요).

남들은 치매 초기 아니냐고 걱정하는 눈치지만 별로 걱정하지 않습니다.
나는 어릴 때부터 원래 그랬거든요.

병(病) 자랑

어릴 적엔 누가누가 더 큰 상처가 있나 곧잘 자랑을 했더랬지요. 한 놈이 팔을 걷어 부치면 다른 놈은 바지를 걷어 올려 보여줍니다. "봐라~ 내 끼 더 크다!" 배에 있던 커다란 수술자국을 보여준 녀석에게 다들 기가 죽었네요.

중학교 적엔 영화 주인공처럼 백혈병이나 뇌종양 같은 드라마틱한 병에 걸려 보고도 싶었고 기억 상실증에도 걸려보고 싶었으나 코피 한 번 나지 않았던 튼튼한 나의 신체가 조금은 원망스럽기도 했네요.

신혼살림 시작할 무렵엔 남의 집 아파트 평수가 화제였고, 친구 남편 승진이 화제였으며, 아이들이 자랄 때면 무슨 대학 갔느냐가 자랑 거리였는데…

직장을 떠나고 인생 2막을 시작할 무렵이면, 먹고 있는 약 자랑이 시작됩니다. 위장병엔 양배추가 좋고, 간 나쁜 데는 헛개나무가 좋으며, 관절염엔 또 뭐가 좋다나요? 비타민 종류는 하고 많구 먹어야 할 필수 영양제는 왜 그리도 많은지…. 그나마도 비타민은 A, B, C, D… 외우기라도 쉽지만 그밖에는 혀가 꼬여 부르기도 어려운 영양제들이 차고 넘치네요. 모이기만 하면 너도 나도 약장사가 되어 서울 시내에서 번듯한 약국 하는 친구는 감히 껴들 새도 없습니다. 암요! 건강하게 살아야지요.

육십 줄 훌쩍 넘겨 칠순이 다가오면, "누가 더 큰 병 앓고 있나."를 자랑하기 시작합니다. 고혈압과 당뇨는 기본 메뉴고 관절염과 디스크는 사이드 메뉴입니다. 전국 각지의 병원 평가는 '국민건강 평가원'에서 내린 평가보다 칠순 모임에서 내린 결론이 더 정확하며, 은퇴한 의사 친구보다는 병을 많이 가진 친구가 발언권의 '갑'이 됩니다. '갑상선암' 걸린 친구는 '위암' 걸린 친구 앞에서 기가 죽고, 병의 종류와 깊이에 따른 진단과 처방은 한방, 대체의학, 민간요법, 첨단 과학진료에 이르기까지 끝이 날 줄 모릅니다. 더 큰 생채기가 부러웠던 어릴 적과 달리, 헤어질 무렵이면 "그거 꼭 챙겨 먹어라.", "건강히 다시 보자."며 손목 부여잡고 진심어린 덕담이 오고가지요.

남이 앓는 병 얘기는 엄살처럼도 들리고 자랑처럼도 들리겠지만, 내 손가락에 박힌 가시는 중병처럼 느껴지고 불편하네요. 니가 걸리면 '순한 암'이라 위로하지만, 내가 걸리면 다 '죽을 병'입니다. 나이 들면서 피할 수 없는 병. 더 이상 먹어서는 안 되는 음식들이 생기고, 즐겨서는 안 되는 술과 담배와 커피가 아쉬운 나이입니다. 아직은.

우리 집 탁자 위에도 하나 둘씩 약병이 늘어가고… 아침마다 무면허 약제사가 챙겨주는 영양제와 비타민들을 군말 없이 삼키고 출근합니다. 오늘은 잊지 않고 우체국을 들러야겠지요. 유방암 걸린 친구한테 보내려고 준비한 표고버섯 말린 것, 무청 말린 것을 연말 택배 밀리기 전에 꼭 보내야하니까요.

참! 병 자랑 하던 중이었던가요? 울 남편, 암을 이겨내고 8년째 건강히 잘 지냅니다.

울 회원님들도 동네방네 갖가지 병 자랑하시고, 모두들 이겨내시길…! 고치기 힘든 고질병이라면, 병과 함께라도 하루하루 즐거움을 찾으며 살아갑시다.

…

부비동 염으로 몇 년 전, 수술을 받았습니다. 간단한 수술인줄 알고 랄랄거리며 갔는데 전신 마취하는 큰 수술이더군요. 이후로 나는 후각을 상실했답니다. 내가 좋아하는 커피도, 포도주도 더 이상 향을 맡을 수 없게 되었습니다. 처음엔, 당황스럽고 우울했더랬지요.

하지만 지금은 늘 이렇게 뻥을 칩니다. "우리 집에 놀러오세요. 향 좋은 커피 한 잔 대접합니다." 사람들의 표정을 보며 커피 향을 떠올려보는 것도 그리 나쁘지는 않더군요.

죽을 권리!

1998년 10월 마지막 날 밤, 언제나 명랑하던 언니에게서 착 가라앉은 목소리로 전화가 걸려왔습니다.

"막내야. 놀라지 말고 들어라…."

밤에 주무시다가 갑자기 각혈을 하신 아버지. 아버지가 이젠 마지막을 맞으실 듯하다며 내려오라는 기별이었지요.

고질적인 폐병을 가지고 계셨던 아버지는 그동안 수도 없이 병원을 들락거리셨지만 한쪽 폐를 가지고도 귀향하셔서 탈 없이 15년을 사셨던 터였습니다.

강릉에서 부산까지 밤새 달려 새벽녘에 병실에 당도했을 때 아버지는 깨어계셨습니다. 산소 호흡기를 단 채 나를 보시더니 소년 같은 미소를 지으셨지요.

"논문은?"

다 되어갑니다. 마무리단계입니다.

"지금 몇 시?"

새벽 5시입니다.

내 머리카락을, 옷깃을, 내 손을 차례로 쓰다듬으시더니 내 손바닥에 "잘 살아라."라고 적으셨습니다(나는 아직도 아버지의 그 손길을 잊을 수 없습니다).

아버지와 주고받았던 수많은 편지 속에서 "사랑하는 아버지 보세요."라고 문구를 시작했건만 한 번도 사랑한다 말 한 적 없었던 나는, 아버지에게 처음이자 마지막으로 소리 내어 사랑한다고 말했습니다. 이제, 정말 마지막임을 깨달았으니까요.

아침 회진 시간이 되고, 아버지는 주치의에게 '죽을 권리'를 주장하기 시작했습니다. 노트에 "안락사!"라는 세 글자를 적고는 의사가 달래는 말투로 설득하면 글자 밑에 줄을 치며 막무가내로 당신의 권리를 주장하셨습니다.

스스로 호흡할 수 있는 기능을 상실한 아버지는 인공호흡기에 의존해야 했고, 폐에 고인 피를 뽑아내는 장치도 달고 계셨지요. 의료진들은 아버지의 고집에 놀라 가족들을 불렀습니다.

우리 아버지를 뼛속까지 겪어 너무도 잘 아는 우리들…. 가족회의가 열렸습니다. 어머니와 언니, 그리고 나는 아버지의 의지를 인정해야한다고 주장했습니다. 공대 출신이었던 작은오빠는 기권표를 던졌고, 큰오빠는 절대 반대표를 던졌습니다.

의료진이 병력을 물었을 때 노트에다가 당신의 병력을 빠짐없이 한 페이지 기록했던 아버지. 삶에 대한 의지가 없는 사람이 그리 자세히 기록할 수는 없다는 것이 큰오빠의 주장이었지요.

우리가 가족회의를 하는 동안에도 몇 번이고 산소마스크를 벗어던졌던 아버지 때문에 의료진들은 진땀을 빼고 있었습니다. 갸르륵 갸르륵 소리를 내며 폐에서 피를 뽑아내는 장치는 심한 고통을 주는 듯 했습니다. '벤틸라이터'라는 산소 공급 장치는 의사들이 교대로 직접 주무르고 있었지요.

꼼꼼하고 세심하던 아버지랑 너무도 달랐던, 그래서 아버지와는 언제나 엇박자였던 큰오빠는 "아버지가 1년이라도 더 사실 수 있다면 악마와 내기라도 하겠다."고 했습니다. 어머니는 이럴 경우에 대비한 아버지와의 약속을 얘기했고, 언니는 아버지가 겪고 있는 고통에 대해 얘기했습니다. 나는 '존엄한 죽음'과 아버지의 의지에 대해 말했습니다.

의료진이었던 우리 사촌은 '보라매 사건'을 운운하며 가족회의가 무의미하며 퇴원은 불가능하다고 못을 박고 나갔습니다.

이틀 뒤, 아버지께서 돌아가셨습니다. 병원에 입원하신 지 사흘째 되던 날이었네요.

결론 나지 않던 가족회의가 답답했던지, 하늘에서 결국 아버지의 '죽을 권리'에 결재도장을 찍은 날입니다. 의료장치를 떼고 퇴원하는 것이 소극적 의미의 안락사라면, 아버지는 입원 중에 돌아가셨으니 그런 논란은 피한 셈입니다.

만일 우리 가족들이 종교가 있었다면 전혀 다른 회의가 되었을지도 모릅니다. 어쩌면 아버지의 '죽을 권리' 주장이 아예 대두되지도 않았겠지요.

유물론자였고 합리주의였으며 논리적이지 않은 그 어떤 것도 인정하려 하지 않았던 우리 아버지는 마지막 순간까지 당신의 권리를 주장하셨네요.

하지만 돌아가시기 직전, 마지막에 읽고 계셨던 책은 엉뚱하게도 '금강경 해설판'이었습니다. 종교에 전혀 관심이 없으셨고 따라서 종교에 대한 편견마저도 없으셨던 아버지였기에 무척 의외였습니다.

…

보라매사건 : (1997년 보라매병원에서 생긴 의료소송사건)

- 인공호흡기 없이 스스로 호흡하지 못하는 환자를 가족들이 퇴원시켜 죽음에 이르게 한 케이스로 의료소송 사건이 되었음.

이제는 우리나라에서도 존엄사가 허용된다고 합니다. 아직 안락사는 허용되지 않지만.

세월과 입맛

요즘은 어딜 가나 맛집이 넘쳐납니다. 우리도 어쩌다가 들른 적이 있지만 내가 알던 맛이 아니라 실망을 하게 됩니다.

며칠 전 산행 후에 들렀었던 산채 집, 2만 원인 밥상에는 각종 산나물들이 가득했지요. 깔끔한 식당 내부처럼 맛깔스런 음식들이 차려져 있었지만, 젓가락은 갈 곳이 없었습니다. 장아찌들은 너무 달아서 설탕조림 같았고, 된장은 너무 싱거웠으며 나물도 싱거워서 내 입에 맞지 않았습니다. 놀라운 것은 음식 맛보다도 첩첩산중에 있는 그 산채 집을 어떻게 알고 찾아왔는지 손님들로 가득하다는 것이었습니다 (TV에서 맛집으로 소개된 집이라네요).

유명하다는 간장 게장 집을 가도, 내 입에는 이제 너무 달고 싱거워서 경상도 말로 '앵꼽게' 느껴집니다. 10년 전 만 해도 맛나게 먹었던 집이었는데…. 처음엔 주방장이 바뀌었나 생각했지만, 아마 내 입맛이 바뀐 듯합니다. 어릴 적 우리 집에서 먹던 간장 게장은 짠 맛이 강했지요. 어머니는 조선간장과 진간장을 반반씩 섞어서 사용했고 설탕은 넣지 않으셨습니다. 푹 익은 게장에는 콩콤하니 곰삭은 맛이 났었더랬지요. 아마 지금 내가 바라는 게장은 그 맛에 가까운 곰삭은 맛인가 봅니다.

얼마 전 작은오빠 부부랑 남포동에서 어묵탕을 시켜놓고 소주잔을 기울었습니다. 과연 갖가지 종류의 어묵에다 두부, 만두 무와 곤약이 들어있어 무척 먹음직스러웠습니다.

"나는 무가 참 맛있더라!" 하며 남편이 밑에 깔린 무를 하나 날름 집어갔습니다. 작은오빠도 덩달아 무를 집어갑니다. "무가 어묵보다 더 맛있네. 나는 무 때문에 아버지를 오해한 적 있었어." 작은오빠가 생각난 듯 얘기를 꺼냅니다.

어릴 적 아버지랑 밥을 먹는데 갈치찌개가 밥상에 있었답니다. 갈치 토막 아래로는 자글자글 간이 밴 무가 잔뜩 깔려있었습니다.

아버지는 갈치 아래 무를 골라 먹으며, "정민아, 이 무가 참 맛있다." 하시더랍니다.

갈치 토막이 먹고 싶었지만 자꾸만 무가 맛있다며 무를 먹는 아버지를 보며, 먹고 싶은 갈치에 손을 대지 못했다지요. 저 무가 뭐가 맛있을까? 아버지가 이따 혼자서 갈치를 다 드시려고 수를 쓰시는구나… 생각했답니다.

그 기억은 아버지에 대한 오해로 한동안 이어졌고 지금까지도 생생히 기억할 정도가 되었다네요.

"그때는 아버지를 오해했었어. 나이가 들고 보니 정말 무가 맛있더라."

작은오빠의 그 표정이 그렇게 쓸쓸할 수가 없네요.

아버지가 그리워서일까요? 어느 틈엔가 아버지 나이가 되어버린 우리들.

문득 돌아보니 어느새 주인공인 갈치보다 무가 맛있는 나이가 된 것입니다.

어릴 때는 맛없어서 손도 대지 않던 음식을 요즘은 찾아다니며 먹게 됩니다. 비지찌개가 그렇고, 호박죽이, 나물밥이 그렇습니다. 고등어 찌개도 살코기보다는 밑에 깔린 우거지나 무가 더 맛있습니다. 과일도 어릴 적 그리도 즐겨 먹었던 새콤한 홍옥보다는 물렁하고 달달

한 홍시가 더 좋아지네요. 경상도에서 종종 부쳐 먹는 배추전. 저런 걸 무슨 맛으로 먹나 싶었는데 일전에 먹을 기회가 생겨 한입 먹었다가 한 쟁반을 다 비웠네요. 덜큰하니 참 맛나더군요(경상도에서는 초장에 찍어먹습니다).

이제는 달달하고 얕은 맛보다는, 건강에 좋지 않다 해도 약간 짭짜름하게 간이 벤 깊은 맛을 원합니다. 어릴 적, 두부를 먹지 왜 비지를 먹는지 도무지 이해가 되지 않았는데 요즘은 일부러 비지를 얻어다가 김치 송송 썰어 넣고 비지찌개를 끓여 먹게 됩니다.

세월 따라 입맛이 변하는 것 같습니다.

술의 마력!

우리 집 개들이 영혼 없이 짖으면 아랫집 강 씨 아저씨가 집 앞을 지나간다는 증거입니다. 반가워서 짖는 것도 아니고, 두려워서 짖는 것도 아니며, 그저 "강 씨 아저씨 또 술 먹으러 갑니데이~." 하고 알려주는 듯합니다.

하루 두 번, 우리 개들은 적막한 시골집에서 강 씨 아저씨가 지나가길 기다리며 사는 것 같습니다. 폭설이 내려도, 비가 와도 시계 바늘처럼 어디론가 비척비척 걸어가기에 처음엔 꼬박꼬박 일 나가시는 줄 알았더랬지요.

그는 이웃 마을까지 족히 3㎞가 넘는 거리를 매일 출근합니다. 때로는 우리 집에 들러 술을 청하기도 하지요. 술 좋아하고 친구 좋아하는 우리 부부, 창고에는 늘 소주가 박스째 쌓여있기에 처음 시골집으로 이사 왔을 때는 멋모르고 술상을 차려주었던 적이 있었답니다.

강 씨 아저씨가 알코올 중독인 것을 아는 데는 그리 긴 시간이 필요하지 않았습니다. 갑자기 쓰러져서 119에 실려 간 뒤로 강 씨 아저씨의 아내는 이웃마을 점방에 들러 술을 주지 말라고 부탁하고 다녔습니다. 덕분에 강 씨는 요즘 더 먼 마을로 술을 마시러 다닌다는 소문입니다.

다행인지 불행인지 주사가 심하지 않은 그에게 가게 주인들은 멋모르고 술을 준다지요. 매일 일요일도 명절도 없이 술을 마시러 나타나니 하나둘씩 외상값도 포기하고 술을 팔지 않겠다고 한답니다.

이제 갓 60줄에 접어들었을까요? 시골에서는 젊은이에 속하는 그를 안타깝게 여기며 우리 남편은 가끔씩 그가 들르면 술 대신 커피를 한잔 타 줍니다. 이제 술 좀 그만 마시라는 당부도 잊지 않지요. 물론 당부한다고 끊어질 것이면 중독이 아니겠지요. 적당히 즐기면서 알맞게 마시기가 참 어려운 것이 바로 술인 것 같습니다.

젊은 날, 나는 꽤나 술을 많이 마셨습니다. 때로는 이튿날 새벽까지 마시고 출근하기도 했었답니다. 우리 남편은 첫사랑 애인과 헤어지고 사흘 낮밤을 내리 술을 마신 후 급성 황달에 걸린 적도 있었다네요. 요즘도 옛 친구들을 만나면, "지금도 그리 술을 마시나?" 하고 근황을 물을 정도입니다.

우리 남편은 젊은 날 마신 술값 계산서가 늦게 날아와, 지금은 위장병에 시달리고 있지요. 나도 예전 같지 않아서 과음을 하고나면 숙취에 시달리곤 합니다. 예전에도 숙취가 없었던 것은 아니지만 반나절 헤매면 거뜬해졌는데, 요즘은 다음날 온종일 머리가 아프거나 속이 울렁거린답니다. 그래도 술을 끊을 생각은 없습니다. 어떤 사람은 술이 백해무익하다지만 나는 절대 그렇지 않다고 생각하니까요.

속이 더부룩 답답하거나 소화가 안 될 때, 매실주를 마시면 참 좋습니다. 매실주가 없다구요? 그럼, 맥주 한 잔!

기쁜 일이나 축하할 일이 생겼을 때 술이 빠지면 안 되지요. 술이 빠진 잔칫상은 무슨 재미인지….

모내기를 하거나 밭일을 하고난 뒤, 땀 흘리고 난 뒤 마시는 막걸리 한 잔! 참 기분이 좋습니다.

오늘 저녁처럼 축구 경기가 있는 날, 맥주가 빠지면 허전하지요? 이기면 축하주로 한 병 더 따야합니다. 지면… 위로주가 필요하니 또 한 병!

오랜만에 만난 동창이나 친구는 술 한 잔이 들어가면 더욱 새삼스러워지고 반가와집니다.

그뿐인가요? 처음 만나 서로 분위기가 어색할 때도 술은 분위기를 풀어주는 마술을 부립니다. 평소에는 머릿속에서만 뱅뱅 돌던 영어가 술 한 잔 들어가니 얼마나 술술 잘 나오는지 모릅니다. 문법이 맞는지 틀리는지 어쨌는지는 모르지만 어쨌든 외국 친구들이 모두 알아들었으면 그만입니다.

기분이 꿀꿀하고 심란할 때, 세상일이 마음대로 풀리지 않을 때, 울고 싶을 때도 술은 늘 우리 곁에 있습니다.

그녀에게 고백을 해야 할 때 용기를 주는 것도 바로 술입니다.

하지만 스스로 제어할 수 없을 때까지 마시면 탈이 납니다. 지속적으로 마셔도 탈이 나지요. 고마운 술이지만, 적당히 제어하기란 말처럼 쉽지 않은 것 같습니다.

나는 술버릇이 나쁜 사람과는 절대 술을 마시지 않습니다. 그것이 얼마나 고역인지 익히 잘 알고 있으니까요. 물론 함께 술을 마셔보기 전까지는 술버릇을 알기는 어렵겠지요. 술버릇이 나쁘면 때로는 그 사람의 인격마저 의심스러워집니다(내가 겪은 남들의 술버릇들이나 주사를 일일이 열거하기엔 지면이 모자랄 정도네요).

스스로 제어하기 어려운 술이기에, 기왕이면 기쁜 일이 있을 때 좋은 마음으로 술을 마시길 권합니다. 술을 잘 마시지 못하는 사람에게 강권 하는 것도 절대 하지 말아야 할 일입니다. 그날 마실 술을 적당히 정해두는 것도 방법이지요. 소주 한 병, 또는 포도주 반 병.

술을 이기지 못하는 경우라면 과감하게 끊는 것이 좋은 방법입니다.

마시다보면 한 병이 두 병이되고, 두 병이 세 병이 되는 것은 순식간의 일입니다. 술이 술을 먹으니까요.

딱 한 병 먹으려했다가 그렇게 둘이서 다섯 병을 먹고 나면, 나의 경우처럼 삶에서 큰 변화가 생기기도 합니다. 아직도 그가 뭐라고 청혼했는지 기억이 가물가물하지만, "까짓 거, 결혼하지요, 뭐!"라고 대답했다네요.

애고~ 한 병만 덜 마셨더라면….

시간(Time)

해마다 12월이 마무리될 무렵이면 사람들은 한해의 의미를 생각하고 새로 다가올 한해를 계획합니다. 사람들은 며칠 지나지 않아 자신의 나이에 한 살이 더해질 것을 생각해 보기도 하지요.

나이가 들수록 시간이 쏜살같이 지나간다고도 하고, 내 시간을 뺏지 말라고 엄중한 경고를 하는 이도 있지요. 곰곰이 생각해보면, 시간이란 사람들마다 다른 정의를 두고 사용하고 있지요.

20년 전, 나는 세계적인 석학들이 모여 시간에 대한 세미나를 하는 자리에 참석했습니다. 심리학자, 사회학자, 철학자, 그리고 물리학자들…. 그 자리에서 논의된 깊이 있는 '시간학'을 이 자리에 펼치는 것은 불가능에 가깝습니다. 하지만 내가 이해한 각 분야의 요지는 그리 어렵지 않습니다.

우선, 심리학자들의 견해를 살펴보지요.

벌을 서거나 지겨운 강의를 듣는 한 시간은 화투판에서 고스톱을 치는 시간과 비교할 바가 되지 못합니다. 벌 설 때 그토록 안 가던 한 시간이 화투짝을 두드리다보면, 두세 판 돌리다보면 휙~ 하고 지나갑니다. 1분이 짧다고 생각하시나요? 전자레인지에 우유 넣어놓고 앞에서 기다려 보시지요. 그놈의 1분이 얼마나 긴지…. 사람들은 상황에 따라 시간을 다르게 느낀다는 것이 심리학자들의 견해입니다. 나는 전적으로 동의합니다.

며칠 전 본 영화, '사랑에 대한 모든 것(The Theory of Everything)'의

주인공 스티븐 호킹이나 아인슈타인이 말하는 시간은 물리적 시간입니다. 아인슈타인이 상대성 이론을 내놓았듯이 빛과 같은 속도로 이동을 한다면 늙지 않는다는 것이지요. 시간을 우주적 차원에서 설명한 것이지요. 내 머리로는 너무 어려워서 설명은 패스~ 합니다만, 일단 시간 존재에 대한 부정이 아니라 시간의 시작과 시간의 차원에 대한 설명임은 알 수 있었습니다.

우리가 가장 흔히 쓰고 있는 시간에 대한 정의는 사회적 시간입니다. 시간 사회학에서 말하는 시간은 약속에 의한 시간을 말하고 있습니다. 한 달은 30일, 일주일은 7일, 그리고 일요일은 노는 날로 정해놓고 사회생활을 한다는 것이지요.

시간은 사회적으로 어떻게 약속하느냐에 따라 달라지는 것이며 순전히 사회의 필요에 의해 만들어진 것이라네요. 가령, 고대 로마 시절에는 한 달이 40일, 일 년이 10달로 되어 있었답니다. 농사를 짓다보니 여엉~ 맞아떨어지지가 않아서 두 달을 더 끼워 넣고 월력 주기에 맞게 2월을 좀 짧게 만들었다나요? 그래서 9월(septmber)의 'sept'가 7을 의미하는 라틴어임에도 불구하고 9가 되었고, 'octa'는 8을 의미하는데 10월(october), 'Nova'는 9를 의미하는데 11월, 'deca'는 10의 의미임에도 12월(december)이 되었다네요. 가운데 두 달 끼어든 애들은 당시 업적을 많이 남겼던 율리우스왕 등의 이름을 따서 쥰(6월)과 쥴라이(7월)가 되었다합니다.

따지고 보면 우리가 대부분 말하는 시간은 사회학적 개념의 시간입니다(사회학자들은 시간이 개념이 아니라고 주장합니다만, 어쨌든!).

생물학자들은 태어나고 성장하다가 열매를 맺고 종국에는 죽음에 이르는 것을 시간이라 봅니다. 이것에는 태양의 영향이 매우 중요하므로 학자 중 한 명은 빛의 영향이 전혀 없는 곳에서 시간의 개념이 어찌 달라지는지 알아보기 위해 깊이깊이 땅을 파고 6개월을 살았다나 뭐라나요? 결국 그 학자는 자살로 생을 마감했다지요? 그들에게 사회학적 시간은 큰 의미가 없습니다. 농사를 지으면 비 오는 날이 휴일이고 눈 오는 날이 방학이니까요. 생물학적 시간이 슬슬 마음에 와 닿는 요즘입니다.

시간철학은 전혀 다른 이야기를 합니다. 시간은 볼 수도, 냄새 맡을 수도 없고 결정적으로 그 존재를 확고히 증명할 수 없으므로 시간은 존재하지 않는다고 말합니다(베르그송). "시간이란 무엇인가?"란 명제부터 시작하니 재미있기도 하지만, 설명이 길어지므로 이만 총총.

"시간이 흐르는 것이 아니라 시간이 존재한다면 우리가 그 거대한 시간 더미 위를 지나고 있다."던, 말장난 같던 논지가 아직 머리에 남아 있습니다.

실존철학자인 롤로메이는 "과거는 현재에 의해 바뀔 수 있다."고 말합니다. 우리가 생각하기엔 과거에 의해 현재가 있는 것이 시간의 순서인데 이는 또 무슨 말인고 하니, 현재 나의 상태에 따라 과거의 시간이 재구성된다는 의미입니다. 현재 내가 풍요롭고 여유 있으면 과거의 가난했던 시간이 아름다운 추억이 될 수 있지만, 현재 곤궁하면 과거의 가난은 지지리 궁상이 된다는 것이지요.

시간은 경제학에서도 다루고 있습니다. 운동선수들은 기록을 단축하면 돈을 벌지만 우리는 시간을 할애한 만큼 돈을 벌게 됩니다. 주당 몇 시간 근무, 시급 얼마, 이런 식이지요. 이는 사회학적 개념의 시간이기도합니다.

끝으로, 종교적 시간이 있습니다. 폴 틸리히가 말하는 시간의 개념이지요(깨달음의 시간!). 개인적으로 종교적 시간에 대한 조예가 별로 없는 관계로 각자가 가진 종교를 토대로 탐색하시길…(불교에서 말하는 시간과 기독교에서 말하는 시간은 매우 다릅니다. 이만 총총!).

학자들이 논의하는 심오한 시간학을 들은 결과 내 삶이 어떻게 바뀌었느냐 물으신다면, 한동안 시간에 대해 골똘히 생각할 기회가 있었다는 점 외에 크게 달라진 바는 없었습니다(고백하자면, 지도교수와 논문주제를 통째로 바꿀 뻔 했습니다). 우리가 다 알고 있는 듯한 이야기를 매우 깊이 있게 다루었더군요. "시간은 사고의 방식이다."라고 정의한 피아제의 말처럼, 시간에 대해서는 저마다 다르게 생각하고 살아가는 듯합니다.

누가 뭐라 해도, 오늘은 월요일입니다. 마음부터 바빠지네요(사회학적 개념과 심리학적 개념이 같이 갑니다). 그래도 아침부터 썰을 늘어놓는 내 시간은 따로 있네요. 연말이 다가오니 약속도 많고 마무리할 일들도 많습니다.

자아~ 여러분은 지금, 어떤 시간을 살고 계신지요?

…

몇 년 전, 저명한 사회학자인 지도교수를 파리 시내버스에서 우연히 만났습니다. 그 사이 호호백발이 되었더군요. 시간은 개념이 아니라고 침 튀기었고, 아인슈타인도 종국에 "시간이 무엇이냐"는 질문에 벽시계를 가리켰으니 사회적 시간이 바로 우리들의 시간이라 했건만…. 백발로 하얗게 서리 앉은 시간은 생물학적 시간이 아니던가요?
지도교수 때문에 필수과목이었던 '시간학'은 모든 강의 통틀어 가장 재미있게 들었던 강의입니다만, 사는데 큰 도움을 주지는 않았습니다. 오히려 헷갈리게만 했지요. 밥 먹고 할 일이 없어 그런 걸 따지나 싶기도 하지만, 그래도 그 분들이 있어서 인문학이 발전하고 철학과 물리학이 발전하는 것 같습니다.

시골 사는 이유

스웨터에 촘촘히 박힌 도깨비 풀

비만 오면 여지없이 진흙탕이 되는 현관. 흙투성이 자동차 앞좌석과 뒷좌석

베란다를 날아다니는 개털. 종류도 다양하게 흰털, 노랑 털, 가끔씩은 곱슬 털!

분명 어제 뽑았는데 다음날 또 만나는 쇠뜨기

정력제나 항암치료제로 소문내고 싶은 자리공, 돼지 풀, 명아주, 개망초…

팔 빠지게 치워봤자 또 내리는 눈

트렁크를 가득 채운 장화, 호미와 눈삽과 사료 더미

말도 많고 탈도 많은 이웃 할머니들

차 하나 겨우 들고나는 뚝방 진입로

그런데 왜 시골 사냐고 물으신다면,

이른 봄, 작은 풀 하나 돋아난 꽃밭

감나무 너머로 묽든 저녁노을

빈 가지에 매달린 초승달 하나

겨울 밤 총총히 수놓은 별자리들

가을걷이가 끝난 널따란 들판 곡식 내음 실려 오는 늦가을바람

눈 시리게 쏟아지는 가을 햇살과 펄럭이는 이불

첫눈 내렸다고 팔짝팔짝 뛰어다니는 다섯 마리 강아지들

지붕아래 늘어선 반짝반짝 고드름

현관 앞 누군가 갖다 둔 시래기며 무, 배추

차례로 피어나는 수선화, 오랑캐꽃, 봉선화, 애기똥풀과 달맞이

꽃…

이 아름다운 것들이 죄다 공짜라서요.

시장

    시장에서 첫 손님에게 물건을 파는 것을 마수걸이라고 하지요. 줄여서 마수라고도 하는데, 대부분 상인들은 첫 손님에게 물건을 파는 일로 하루 일진을 점치는 눈치입니다.

    가끔씩 사는 것이 갑갑하고 지루해지면 새벽에 주문진 어시장을 나갑니다. 해도 뜨기 전 항구의 칼바람은 매섭기만 합니다. 그곳에서 치열하게 사시는 분들을 보면 정신이 번쩍 들지요. 이른 아침, 나는 가급적 생선 값을 묻지 않습니다. 그분들은 새벽 마수걸이에서 첫손님이 흥정을 하고 사지 않으면 온종일 장사가 안 된다고 믿기 때문이지요. 때로는 내가 내민 돈을 머리에 쓱쓱 문지르며 휘이~ 휘이~ 하고 의식을 치르는 분도 본 적이 있답니다.

    젊은 날부터 시장에 가서 장 구경하는 것을 무척 즐겼지만 나이가 드니 요즘은 한층 너스레까지 떨게 됩니다. 시장에 가면 나도 모르게 상인들에게 말을 건네고 너스레를 떨지만 물건 값을 깎지는 않습니다. 상인들이랑 덕담 비슷하게 말을 주고받다보면 필요하지도 않은 물건이나 나물을 사들고 오는 경우도 종종 생긴답니다.

    젊은 날, 울 어머니는 시장에서 악착같이 콩나물 값을 깎으셨지요. 버릇처럼 시장에 가면 물건 값을 깎아야 손해를 덜 본다고 생각하시는 눈치였습니다. 한 번은 설빔으로 내 옷을 사러 갔다가 주인과 흥정 끝에 싸움만 하고 내 옷은 사지도 못하고 돌아온 적도 있었네요. 그 시절엔 물건 값을 배로 부르고 반으로 깎아야 제대로 흥정이 이루어지는 것이었지요. 이웃이 물건을 더 싸게 사오면, 다음날 버스타고 자유시장(국제시장)까지 쫓아가서 실랑이 끝에 기어코 우수리를 받아온 적도 있었네요.

요즘 시장에서는 물건 값을 두 배로 뻥튀기 하는 곳은 아무데도 없습니다. 그러니 목숨 걸고 깎을 필요도 없지요. 그렇지만 덤으로 더 주시는 곳이 많아서 인심을 느낍니다.

시장은 우리 부부에게 참 정겨운 곳입니다. 자주 드나드는 곳의 상인이랑은 자연스레 덕담도 나누고, 팔다 남은 채소를 덤으로 받아 오기도합니다.

며칠 전 주문진 시장에서 처음 보는 할머니를 발견했습니다. 우리가 자주 들르는 곳이라 대부분의 상인들은 낯이 익은데…. 장터에서 조금 떨어진 귀퉁이에서 파파 할머니 한 분이 졸고 계셨습니다(아직 터를 잡지 못하신 듯). 앞에는 냉이며 달래 바구니가 두어 개 놓여 있었지요. 우리는 약속이나 한 듯 발걸음을 멈추었습니다. 단골집에서 방금 냉이를 사 오던 길이었지요.

"할머니 졸고 계신동안 다 훔쳐가야겠다!"

깜짝 놀라 잠이 깬 할머니가 "냉이는 한바구니 이천 원!", "달래는 한 바구니 삼천 원!" 합니다. 달래를 한 바구니를 사면서 "점심 드셨어요?" 했더니 다 팔고 집에 가서 드신다하네요.

차 안에 포장해 가던 탕수육 한 그릇. 아직 식지 않고 따뜻합니다. 손사래를 치시는데 억지로 안겨 드리고 왔습니다. 차를 몰고 나오는 길에 보았더니 어디선가 숟가락을 구해서 맛나게 드시고 계셨습니다.

다음번에 할머니를 뵐 때는 사람들이 많이 다니는 목 좋은 곳에 앉아 계셨으면 좋겠습니다.

그나저나 저 많은 달래를 다 어쩌나요? 달래장을 좋아하는 남편이지만 너무 많아서 한동안 달래 파티를 해야 할 듯….

...

　사장에 가면 우리는 활력을 얻고 옵니다. 사람 사는 냄새도 맘껏 맡고 옵니다. 상인들과 이런저런 얘기를 나누다보면 모두가 내 이웃입니다. 연세가 많으신 할머님들은 우리 어머니 같습니다. 손이라도 한번 잡거나 등이라도 살며시 쓸어드립니다.

　건강하세요. 다음번 장날 또 뵈어요.

싹수

    달포 전 드라이브 길에 지인의 집을 들렀습니다. 문득 들른 길이어서 따로 선물을 챙겨가지 못하고 시장에서 산 단호박 말랭이를 연로하신 어머님 드시라고 들고 갔지요.

    마침 신발장을 수선하느라 약간 분주한 모습이었지만 지인은 반가이 맞아 주었고 거실에는 낯모르는 여자 분이 있기에, 반갑게 인사를 했습니다.

    그 여자는 소파에 반쯤 누운 채 고개만 까딱하더니 우리가 가지고 간 봉지를 낚아채어 오물오물 먹는 게 아닙니까! 내 나이보다 약간 젊어 뵈는 그 여자를 보며 무척 불쾌해져서 그렇게 지인과 인사만 나누고 돌아온 기억이 있습니다.

    후에 그 지인이 우리 집에 들렀을 때 그 여자의 태도에 대해 쓴소리를 했습니다. 어떻게 어른 드시라고 사온 것을 함부로 낚아채서 먹을 수 있는지. 낯모르는 사람이 방문했는데 소파에 반쯤 누워서 일어나지도 않는지. 인사를 하는데도 고개만 까딱하는지….

    그녀는 국내 유명대학을 나오고 미국에서 꽤 오래 살다가 온 여자라네요. 미국 물 먹으면 다 그리되는지요? 우리도 외국에서 꽤 오래 살았지만 그런 막돼먹은 태도는 가정교육과 인성의 문제라고 생각한다했지요. 그 나이면 자녀들도 다 장성했을 텐데 자녀들 교육은 어떻게 시켰는지 심히 궁금해지기까지 했습니다.

    미국의 한 유명 대학에서 저명한 교수가 기말고사 시험문제를 이렇게 냈다고 합니다.

    〈강의실 청소를 하시는 아주머니의 이름을 쓰시오〉

아무리 많이 배워도 남을 배려하는 태도나 사람에 대한 존중이 없으면 무용지물이란 것을 여실히 보여주는 사례가 아니던가요?

며칠 전, 양손 가득 가방과 책을 들고 계단을 올라가는데 한 무리의 학생들을 만났습니다.

학생 1. 안녕하세요~! (반갑게 인사만 하고 지나갑니다. 책 좀 들어주지…)
학생 2. 눈길을 피하며 고개만 까딱. (그나마 인사하는 게 다행)
학생 3. 양손 무겁게 어딜 가세요? (넉살만 좋은 놈입니다)

누구 하나 들어준다는 녀석이 없네요. 씁쓸한 마음으로 올라가는데 내려가던 학생 가운데 하나가 도로 올라와서 "몇 층까지 가세요?" 하며 내 손에 들린 책을 들어주더군요.
연구실에 올라와 음료수 한잔 권하며 잠시 얘기를 나누었는데… 우리 과 학생이 아니었더군요. 참으로 탐나는 학생입니다.

다음 주 수업시간에 아마 10분 간 잔소리부터 하고 수업을 하게 될 듯합니다. 가정에서 배우지 못한 것, 이제 대학에 와서 기본생활부터 가르쳐야 하는 건가 싶어지네요.

생일

우리 집에서는 아이들의 생일은 물론 부모님의 결혼기념일 등 각종 기념일을 무척 챙기는 편이었습니다.

"오늘이 무슨 날인줄 아니?"

"식목일인데요…"

"식목일이면 뭐 생각나는 거 없니?"

"……?"

하다못해 어머니는 우리가 이사 온 날도 챙기셨지요. 그게 언젠데…

우리 형제들이 소풍날보다 더 기다리던 생일. 어머니는 이른 아침에 미역국을 끓이셨지요. 반찬도 여느 때랑 다르게 내가 좋아하는 것들로 만드셨습니다.

생일날엔 여간 잘못을 해도 그냥 타이르기만 하고 혼내지 않으셨습니다. 생일날 울면 일 년 내내 울 일이 생긴다 하셨지요.

형제들이 모두 독립을 하고 서로의 생일을 챙기게 만드는 것은 어머니였지요. 언니, 형부, 오빠 생일이 다가 오면 "5월 13일은 작은오빠 생일."이라며 챙기라는 전화가 옵니다.

10여 년 전이었네요. 어머니가 뇌출혈로 쓰러져 거동이 불편할 때 어머니 댁을 들렀습니다. 마침, 내 생일인 일요일이었군요. "애고~ 니 생일인데 내가 이래서 어쩌누…"

안타까워하시는 어머니께 "어머니, 낳아주셔서 감사합니다." 하고 말했습니다.

어머니는 내 손을 쓰다듬으며 하염없이 눈물을 흘리셨지요. 두고두고 그때 들었던 말이 감동스러웠다 했습니다.

"미역국은 끓여 먹었냐, 돈 조금 부쳤으니 오늘은 박 서방이랑 맛있는 거 사 먹어라."

어머니는 돌아가시던 해에도 내 생일을 챙기셨습니다.

오늘 아침, 책상 위에는 예쁜 그림카드가 놓여있네요. 지난 밤, 남편이 몰래 그려둔 생일선물입니다. 세상에서 딱 하나밖에 없는 생일 카드이지요. 오늘은 내 생일입니다.

"어머니, 낳아주셔서 감사합니다."

살아계실 때 해마다 이 말을 해드렸으면 얼마나 좋아하셨을까요?

오복당

빵집 이름 같기도 하고 금은방 이름 같기도 한 오복당은 주문진의 방파제 부근에 있는 조개구이 집 이름입니다. 강릉에 첫 발을 디디고 얼마 지나지 않았을 때 우연히 알게 된, 간판도 없는 포장마차 횟집이지요.

"왔나?" 딱 한마디 하고는 별 말이 없는 주인 할머니는 우리 어머니 연배의 주름 자글자글한 경상남도 진영이 고향인 분입니다.

나는 회를 먹지 않지만 무던히도 그 집을 자주 갔더랬네요. 서울에서 친구들이 올 때나 접대할 분들이 생겨도 언제나 그 집을 찾았습니다. 길가도 아니고 바닷가도 아니어서 아는 사람이 아니면 찾기 어려운…. 간판마저 없어서 그 집이 오복당이란 이름을 가졌다는 것도 한참을 들락거린 후에야 알게 되었습니다.

오복당에는 내 또래의 딸이 있었지요. 그녀는 유독 나를 반깁니다. 내가 잘 먹는 오징어 회를 시키지도 않았는데 내오는가 하면, 겨울엔 도루묵을 구워서 내 오기도합니다. 물론, 메뉴에 없는 안주입니다.

부산에서 우리 가족들이 왔을 때, 그들은 마치 친척이 온 듯 반겨주었습니다. 주당 가족들이 먹은 스무 병 가까운 술값과 밥값을 울 형부에게 청구합니다. 내가 내민 카드를 거부하고 끝끝내 형부에게 청구한 것은, 이대로 계속 손님을 접대하면 올여름 내가 파산할지도 모른다는 것이 이유였습니다.

세월이 흐르면서 오복당 가족들은 우리 가족의 안부를 묻는 사이가 되었고 나랑 연배가 비슷한 그 집 딸은 우리 집에 놀러오는 사이가 되었지요. "그 영화 보셨어요?" 오래된 명화들 이름을 들먹이며 곧 잘 영화 이야기를 꺼내던 그녀. 언젠가 한 번은 백 여 편의 영화 제목을 써서 나에게 건네기도 했네요.

주문진에도 강릉에도 유명세를 떨치는 횟집들이 많이 생겨났습니다. 끊임없이 들이닥치던 손님들도 조금은 뜸해져서 오복당에 들르는 횟수도 많이 줄었지요.

작년 겨울, 생애주기 건강검진을 받느라 아산병원을 들렀습니다. 병원 복도에서 누군가 큰 소리로 나를 부르기에 돌아보니 까까머리에 바싹 마른 여인이 나를 보며 화들짝 웃고 있네요.

그녀가 누구인지를 알아보는데 적잖은 시간이 걸렸습니다. 뜬금없는 곳에서 환자복을 입고 링거를 잡고 서서 나를 부르니…. 오복당 집 딸은 별 일 아니라는 듯 자궁암이라고 말했습니다.

한 달 후, 우리 부부는 맘먹고 오복당에 들렀습니다.

"왔나!" 한 마디하고는 진영댁 할머니는 말없이 고기 손질을 합니다.

그녀는 퇴원 후 집에서 쉬고 있다네요. 음료수만 건네고 돌아오는 길… 마음이 무거웠습니다.

얼마 후, 남편의 친구들이 서울에서 내려왔습니다. 자리를 예약하려고 전화를 했는데 주말이라 바쁜지 전화를 받지 않았습니다. 우리 부부는 약속이나 한 듯이 오복당으로 향했지요.

물고기가 가득 담겨있어야 할 곳은 파란 천막이 덮여 있고, 포장 가게도 문이 잠겨있네요. 그날따라 바람이 심하게 불었지요. 덮여져 있던 퍼런 천막은 흙먼지가 가득 쌓인 채 펄럭여서 을씨년스런 광경이 펼쳐져 있었습니다.

가게 앞을 서성이는 우리를 보며, 이웃집 건어물 아주머니가 혀를 끌끌 찹니다.

"에휴~ 며칠 전 그 집 딸이 갔어."

그 후로 우리는 오복당을 가지 않았습니다. 아니, 가지 못했습니다.

…

오복당 딸의 전화번호는 이제 다른 사람이 사용하나봅니다. 그녀의 전화번호 SNS 배경에는 어떤 여자아이의 얼굴이 나와 있네요. 나는 차마 아직도 그 전화번호를 지우지 못하고 있습니다.

우울한 날

봄을 재촉하는 비가 옵니다. 차분한 봄비와 한 주가 시작되었지만 어제는 오전부터 상담과 회의와 기한 내에 작성해야할 문건들로 마음이 분주한 날이었습니다.

상담을 하겠다고 내 방을 들른 학생은 의외로 심각한 문제를 가지고 왔습니다. 내가 대신 해결해 줄 수 있는 문제는 아니었지만 듣는 것만으로도 마음이 미어지는 힘든 이야기네요.

연이어 내 방을 들른 사람은 문득 집을 나가버린 딸을 대신하여 휴학계를 내러 온 어머니였지요. 우산을 쓰고 교정을 내려가는 모습을 멍하니 내려다보았습니다.

매우 중요하다는 회의에 가서도 그 뒷모습 때문인지 내내 산란합니다. 이러쿵저러쿵하여 매우 중요한 시기이므로 어쩌고저쩌고한 매우 중요한 안건에 동의해야하는 분위기입니다. 차례로 어쩔 수 없는 마음으로 동의가 이루어지고 내 의견을 말해야하는 차례입니다.

"한번 속아보겠습니다."라고 말했습니다.

"한번 믿어보겠습니다."라고 말해야 하는 사안이었던가요?

어이없는 내 대답에 윗사람이 하하하 웃었습니다. 모두들 그를 따라 그렇게 하하 웃고 회의가 끝났습니다.

집으로 돌아오는 길에도 여전히 비가 내리고 있었습니다.

뜬금없이 주루룩 눈물이 흘러내립니다.

날마다 꽃길은 아닌 인생이지요.

내 인생도 아닌데 뭐…. 내 일도 아닌데 어쩌라고….

아무리 마음을 다잡아도 우울합니다.

휴학계와 자퇴서에 사인을 하고, 몇몇 동료들의 불이익이 뻔히 눈에
보이는 사안에 사인을 하고 왔습니다. 빌어먹을 강아지는 집 나가서
나흘째 소식이 없습니다.

내가 할 수 있는 일이 아무것도 없을 때 무기력감을 느낍니다. 따지
고 보면 내 일이 아닌데 결정을 내린다는 것은 괴로운 일입니다.

"한번 속아보겠습니다."

어쩌다가 그런 실언을 했느냐구요?

실언도 아니었고 직언도 아니었고 그저, 내 마음이 그랬습니다. 눈
가리고 아웅하는데, 별 수 없이 속아드려야지요.

운전버릇

몇 년 전, 나는 남편에게 운전을 금지시켰습니다. 단호한 나의 태도에 남편은 순순히 키를 반납했지요. 나이가 들면 반응 속도가 느려집니다. 게다가 시골집에서 아파트까지 딸랑 4㎞인데 와야 할 사람이 30분이 지나도 나타나지 않으면 걱정이 극도에 달하지요. 한 시간이 지난 무렵 겨우 나타난 남편. 자동차 앞 범퍼에는 생채기가 나 있었지요. 원인을 묻지는 않았지만 안 봐도 선한 풍경이 그려집니다.

자동차에 그렇게 원인모를 상채기가 하나 둘 생겨나고, 운전은 서툴면서 성질만 급한 남편의 차를 두어 번 타 본 후 내린 결정이었습니다. 단호한 나의 태도에 남편은 말없이 차 키를 반납했고, 아파트에 갈 일이 생기면 자전거를 타고 갑니다(사실, 자전거도 압수하고 싶은 심정입니다).

아침마다 건강을 위해 꾸준히 체조를 하고 산책을 하며 꼬박꼬박 영양제도 챙겨먹지만, 백날 체조하며 건강관리 하면 뭐한답니까? 교통사고 한방이면 훅 가는 세상인데.

우리가 매우 중요하게 생각하는 버릇 가운데 하나가 술버릇이고, 또 한 가지가 바로 운전 버릇인 듯합니다.

나는 비교적 이른 나이에 운전면허를 취득했고, 운전을 해보고 싶은 욕망에 몇 달치 월급을 딸딸 긁어서 포니 승용차를 중고로 구입했었지요. 내 재산 목록 1호가 된 낡은 자동차를 끌고 틈만 나면 내달렸으며 한 번은 만취 운전을 하기도 했네요. 당시만 해도 느슨했던 법규 덕에 운전면허가 취소되지는 않았지만, 지금 생각하면 아찔하고

무모한 운전을 많이 했던 것 같습니다.

나의 운전 버릇이 달라진 것은 오랜 시간 유학을 다녀와서부터입니다. 빛의 속도로 내달리는 독일이나 운전 서툴면 창 내리고 욕부터 바리바리 해대는 이탈리아와는 달리 프랑스 사람들의 운전매너는 대체로 매우 좋은 편입니다. 앞차가 실수로 시동이 꺼져서 한참을 헤매도 경적소리를 내는 법이 없으며 빨간 신호등에서 사람이 건너고 있어도 말없이 기다려줍니다. 그런 곳에서 사고를 내고 차를 두 번이나 폐차해야 했던 울 남편의 운전 실력이므로 한국에서 운전하는 것은 불가능이라 판단했지요.

나라고 다르지 않습니다. 한국에 돌아와 운전대를 잡고 복잡한 부산시내로 들어갔다가 아무도 양보해주지 않아서 차선을 갈아 탈 수도 없어서 한 블록을 돌아서 오기도 했었지요. 꼬리에 꼬리를 물고 있는 4차선 대로에서 아무도 양보해 주지 않으니 차선을 바꾸는 것이 불가능하게 느껴지더군요.

강릉은 비교적 운전매너가 좋은 곳인 듯합니다. 덜 복잡해서 그런 점도 있겠지요? 출근 길, 늘 오가는 7번 국도는 모두들 속도를 내는 길입니다. 하지만 의외로 사고가 많은 길이기도 하지요. 마구 속도를 내고 내달리는 차들…. 신호등에 멈춰서 들여다보면 대부분 젊은이들이 타고 있습니다. 나도 한 때 그랬었지요. 쌩쌩 내 달릴 때의 기분이란.

하지만 지금은 그렇게 달려대는 차를 타고 싶지 않습니다(그래서 조카 차를 타지 않습니다). 그리고 그런 차 근처는 가급적 피해 가곤합니다.

세월이 흐르고 나이가 들면서 나의 운전 버릇은 더욱 조신해졌지요. 참을성도 많은 편이라 뒤차가 추월하거나 앞차가 험하게 운전을 해도 그러려니 하고 방어운전을 하는 편입니다.

운전을 금지당한 울 남편이지만 성질만은 그대로입니다. 행여 뒤차가 추월을 하거나 요리조리 추월을 일삼으며 곡예운전을 하는 차를 보면 욕부터 합니다.

"저런~ 싸가지 없는 녀석 봐라!", "아따~ 아주 곡예를 해라! 얼마나 가는지 두고 보자!"

정작 욕먹을 차는 멀쩡히 가 버리고 그 욕은 고스란히 옆에 앉은 내가 듣고 있어야하니 이것도 못할 짓이네요. 조만간 조수석에서 욕하면 벌금을 부과할 방침입니다.

운전하면서 모두들 속상했던 경험이 있으시겠지요? 아침마다 좁은 뚝방 외길을 통과해야하는 나는 멀리서 차가 보이면 미리 피해줍니다. 지나가면서 짧은 경적 한번 울려주면 하루 종일 기분이 좋지요. 특별한 일이 없을 때 서울이나 부산의 복잡한 도심을 갈 일이 생기면 버스를 타고 갑니다. 운전 실력이 없어서가 아니라 스트레스 받기 싫어서요.

어쩔 수 없이 복잡한 도로를 운전해야 하는 여러분들 오늘 하루도 좋은 음악 들으며 즐겁게 운전하세요~.

철학자

내가 처음 프랑스에 갔을 때, 나는 브장송이라는 음악도시에서 어학을 시작했습니다. 옹기종기 카페들과 가게들이 늘어 선, 모든 것들이 새롭고 다른, 이국의 풍경.

학교 근처 그랑벨이라는 공원에는 남루한 차림의 거지가 한사람 있었지요. 그는 커다란 마로니에 나무그늘 아래, 깡통을 앞에 두고 한쪽 다리를 구부린 채 온종일 바닥에 앉아있었습니다. 여느 거지들과 다른 점이라면 간간이 사람들이 그에게 담배를 주거나 동전을 통에 놓으면서 이야기를 나눈다는 점이었지요. 때로는 그의 곁에 한참을 앉아서 대화를 하는 경우도 있었습니다. 주로 젊은 학생들이 그를 찾았고, 때로는 나이가 제법 든 노신사가 그와 얘기를 나누는 모습도 보였습니다. 사람들이 아무도 없을 때는 그저 멍하니 깡통을 바라보거나 허공을 바라보고 앉아 있는 것이 전부였지요.

얼마 후, 나는 그가 브장송 대학의 철학교수였다는 사실을 알게 되었습니다. 어느 날 갑자기 소유하고 있던 모든 것을 버리고 길바닥 인생을 시작했다고 합니다. 긴 머리카락에 긴 수염, 바싹 마른 몸매의 그가 언제부터 그곳에 앉아있게 되었는지는 아무도 말해주지 않았습니다.

나는 수업을 마치고 매일 그가 보이는 곳의 벤치에 앉아 그에게 물어볼 것들을 고민하기 시작했습니다.

"당신은 무엇을 발견했나요?"
"어떻게 사는 것이 최선의 삶일까요?"

"결국 당신은 진정한 자유를 얻었나요?"

아~ 이런~!

그 당시 나의 불어 실력은 "내 이름은 ×××입니다."가 거의 전부였던 시절이었네요. 물어보기는커녕 그가 어떤 대답을 하든 알아듣지도 못할 초보 불어실력이었지요.

나는 그가 보이는 카페에 앉아 사전을 앞에 두고 불어로 이런저런 질문 목록을 만들곤 했지만 문법에 맞는 문장인지, 말이 되는 소린지 알 길이 없었습니다. 그에게 다가가거나 질문을 던지지는 못했지만 매일 학교를 마치고 나는 그가 보이는 곳에 앉아 혼자서 선문답을 하곤 했네요.

바캉스가 시작되고 모두들 여행을 가기 시작했습니다. 학교도, 빵집도, 옷가게도 문을 닫았습니다. 나도 독일로 짧지 않은 여행을 다녀왔지요. 기차 안에서 여행객들과 영어로 수다를 나누다가 문득, "앗! 그 사람도 영어를 잘 하지 않을까?" 하는 생각이 들었습니다. 그는 철학 교수였으니까요.

여행을 하는 내내 나는 그에게 물어볼 것들을 다시 영어로 정리하기 시작했습니다. 독일을 거쳐 오스트리아와 헝가리, 그리고 스웨덴까지 길고 긴 여행을 하는 동안 내 작은 수첩은 이런저런 질문이 가득 적혀 있었습니다. 이번에는 영어로.

지금도 가지고 있는 그 수첩엔, 서양인들이 말하는 '구원'의 의미가 무엇인가에 대해 반복적으로 적혀 있습니다. 아마 유명하다는 성당과 박물관이나 유적지를 돌아보면서 종교의 영향을 흠뻑 받은 그림들을 보면서, 그들에게 종교가 무엇이길래… 라는 생각을 했나봅니다.

하지만 내가 긴 여행을 마치고 돌아왔을 때 그는 더 이상 그곳에 없었습니다.

그는 과연 진정한 자유를 찾은 걸까요?

택배아저씨

시골집으로 택배가 왔습니다. 며칠 전에 한번 왔었던 터라, 찾기가 쉽지 않은 길을 오늘은 헤매지 않고 잘 찾아왔네요.

택배 트럭 조수석엔 아내와 작은 아이가 함께 타고 있습니다.

숨을 쉬기도 힘든 무더운 여름.

에어컨이 없는지 차창이 활짝 열려 있었습니다.

지난번에는 마침 수박이 있어서 한 조각씩 건네었는데….

탁자 위에 복숭아가 보이는군요. 작은 복숭아 하나를 아이에게 건네며 말을 붙였습니다.

"너는 참 좋겠다. 날마다 엄마 아빠랑 신나게 여행하니까."

택배기사의 아내가 차에서 얼른 자세를 바로하고 인사를 합니다.

물론, 그 장면이 고생스러워 보일수도 있습니다.

하지만 나는 아이에게 "너는 참 행복한 아이"라고 말했습니다.

왜냐하면, 젊은 날 힘들게 일하면서도 가족이 그 길을 함께하니까요.

먼 훗날, 그 아이는 지금 이 순간을 참 행복하게 기억하리라 믿어봅니다.

공중전화

옛날, 내가 다니던 학교 앞에는 공중전화박스가 줄지어 있었지요. 아침 무렵엔 그리 사람들이 없었지만 점심 무렵부터는 늘 긴 줄이 이어져 있었네요.

앗! 어쩌다가 비어있는 전화박스가 보이면 나도 모르게 어디론가 전화를 해야 할 것 같아 동전을 찾던… 아무리 머리를 짜 내어도 전화할 곳은 없지만 아까운 심정으로 빈 전화박스를 바라보았지요.

긴 줄을 서서 기다렸다가 그녀에게 큰 맘 먹고 전화를 합니다. 학교 앞 다방에서 기다린다 해야겠지요? 이런~ 그녀의 아버지가 받았군요. 황급히 끊고 다시 젤 뒷줄에 가서 기다리던 기억, 한번쯤은 있으셨나요? 여학생들은 낯모르는 남자들로부터 전화 한 통만 대신 해달라는 부탁을 받곤 했지요.

울 큰오빠는 초등학교 때 서울로 수학여행을 가서 처음 공중전화를 보았습니다. 서울에 가면 큰댁에 꼭 안부 전화를 하고 오라는 어머니의 당부가 있었지요. 알려주신대로 동전을 집어넣고, 다이얼을 돌렸지만 통화가 되지 않는군요. 재차, 삼차 시도해봤지만 끝내 통화를 할 수 없었다네요. 먼저 수화기를 들고 그 뒤에 동전을 넣으라는 얘기가 없었거든요.

내가 처음 공중전화를 본 것은 가게 집 주황색 전화였지요. 하지만 그 전화를 사용할 일은 없었습니다. 주변에 전화가 있는 사람이 아무도 없었으니까요. 어쩌다가 친척에게 급한 기별이 필요하면 어머니가 가게 집에 들러 전화를 하신 적이 있었네요.

내가 대학을 다니던 무렵은 어딜 가든 공중전화박스가 서너 개 씩 줄줄이 서 있었지요. 어쩌다 통화가 길어지면 뒤통수엔 도끼눈을 뜬 사람들의 시선이 꽂히곤 했죠. 때로는 톡톡 문을 치는 사람도 있었습니다. 화장실도 아닌데 급한 볼일 앞둔 사람마냥 통화를 재촉하는 사람들이 꽤나 많았지요.

전화박스 문을 열면 여지없이 풍기는 고약한 지린내. 모르긴 해도 그 문 열고 볼일 본 아저씨들이 한둘은 아니었던 듯…. 늦은 밤, 윗도리 곱게 벗어서 전화기에 걸쳐두고 전화박스에 꼬구려서 잠을 자는 아저씨도 본 적이 있었습니다. 이른 새벽엔 깨진 전화박스 유리를 쓸고 계신 청소부 아저씨까지.

세월 지나 정신을 차려보니 그 많았던 전화박스가 하나도 뵐질 않습니다. 전화박스만 보이면 저도 모르게 동전을 찾던 그들은, 이제 어디서 무슨 생각을 하며 살아갈까요? 아마 모두들 스마트 폰을 들여다보느라 정신줄 놓고 있을지도.

…

얼마 전, 멀리 치악산 언저리에 사는 지인이 빨간색 공중전화를 선물로 가져왔습니다. 우리가 흔히 보던 주황색 전화기는 아니지만, 그 공중전화를 볼 적마다 어디론가 전화를 하고 싶어집니다. 숫자라면 질색하는 내가 아직도 외는 유일한 전화번호는 울 어머니 전화번호입니다.

커피와 포도주

나는 좋아하는 것에 대해서는 찾아보고 알아보며 즐거워합니다. 커피가 그렇고 포도주가 그랬으며 영어, 불어, 스페인어 등 언어가 그랬지요. 완벽하게 그것을 섭렵하고 안다기보다는 알아가는 과정이 즐겁습니다.

하지만 내가 아는 것이 세상을 살아가는 것에 크게 도움이 된 적은 그리 없었던 것 같네요. 그저 궁금한 것에 대해 아는 것이 즐겁고 기쁠 따름입니다. 게다가 나날이 새로운 지식이 폭발적으로 나오는 요즘 세상이니, 그 모든 지식을 겉핥기식으로도 섭렵하는 것은 불가능한 일입니다.

때로는 그 세계를 더 알려고 뛰어가 배우기도 했답니다. 보르도에서 포도주 입문 과정이 그랬었네요. 포도의 종류와 숙성 과정과 맛을 감별하는 과정은 참으로 흥미로웠습니다. 수업이 끝나면 비교하고 감별하느라 마신 포도주 때문에 모두들 반쯤은 취해 있었습니다.

사람들은 우리 집에 포도주를 가져오거나 선물할 때 무척 조심하며 비싼 포도주를 가져오곤 합니다만, 정작 우리는 값이 싼 포도주 가운데 입맛에 맞는 것을 즐깁니다. 포도주가 없으면 소주나 막걸리면 어떤가요? 두부김치엔 포도주보다는 막걸리가 제격이지요. 어쩌다가 맛있는 치즈가 생기면 포도주가 생각나지만, 대부분은 소주를 마실 때가 많습니다.

수년 전에 친구가 우리 집에 오면서 귀한 포도주를 선물로 가져왔습니다. 그 친구는 당시에 형편이 조금 어려운 친구였는데 우리 집에서 모임이 있던 날, 그동안 고이 장롱 위에 모셔두었던 귀한 포도주를 가지고 왔습니다. 테이스팅(tasting)을 하던 남편이 잠시 머뭇거리더니 "좋군요!" 하고 말했습니다.

하지만 내가 한 모금 마셨을 때 깜짝 놀랐습니다. 술 맛이 변해있었기 때문입니다. 보관을 잘못한 탓인지, 코르크의 상태가 좋지 못했는지 약간 쉬어 있는 상태여서 보통은 그런 포도주는 버리는 것이 정상입니다. 하지만 우리는 기꺼이 한 병을 다 비웠고 포도주에 대한 타박은 한번도 없었습니다. 가져온 포도주가 얼마나 귀한 포도주인지를 얘기하며 저녁 내내 즐거운 술자리가 이어졌지요.

강릉에 정착을 하고, 가뜩이나 좋아하던 커피를 맘껏 즐기게 되었습니다. 마침 내 입맛에 꼭 맞게 커피를 볶아내는 분이 계시기에 그분의 커피를 즐겨 마십니다만, 몇 년 전부터 그분이 너무 유명해지셔서 커피 맛을 보려고 줄을 서서 기다리는 사람들이 많은 터라 예전처럼 그 커피 집에 가서 느긋이 책을 읽고 오기는 글렀습니다.

하는 수 없이 집에서 커피를 볶기 시작했지요. 좀 더 깊은 맛을 내려다 새까맣게 태우기도 하고, 태울까봐 걱정되어 덜 볶인 커피가 되기도 했습니다. 때로는 두 가지 원두를 섞어서 볶기도 해보고, 직화가 아닌 프라이팬에 볶기도 했습니다.

생두의 가격이나 원산지와 전혀 상관도 없이 어쩌다가 기가 막힌 맛을 내는 경우도 있지요.

어느 날, 커피에는 일가견이 있는 친구가 놀러왔습니다. 스푼으로 조심스레 커피를 떠먹고 맛을 보더니 "예가체프!"라고 말했습니다.

예가체프가 아니라고 말했더니 주변 사람들이 숨죽여 지켜보는 가운데 두 번째 시음을 했습니다. 커피 컵 속에 너무도 깊숙이 코를 박고 있어서 커피가 코끝에 닿을 지경이었습니다. 한참을 그렇게 향을 맡아보고 다시 스푼으로 한 숟가락 맛을 보더니 약간 자신 없는 투로 말했습니다.

"만델린… 같네요."
"어머나~ 어떻게 아셨어요? 정말 숨겨진 바리스타시네요."

우리는 식사 후, 그렇게 즐거운 커피시간을 가졌습니다. 커피를 볶는 기술과 커피 맛이 유달리 좋은 커피가게, 그리고 겨울철 힘든 일을 마치고 마시는 한 잔의 뜨거운 커피 이야기를 했더랬네요. 내가 좋아하는 커피에 대해 이야기 하는 일은 신나는 일입니다. 좋은 사람들과 함께 이야기를 나누는 것은 더욱 즐거운 일이지요.

그날 마신 커피는 참으로 좋았습니다. 과연 그날 우리가 마신 커피는 만델린이었을까요? 고백하자면 나는 한 번도 만델린 생두를 산 적이 없었으니 그 커피가 만델린 일 리는 만무합니다. 하지만 즐겁고 행복한 기분으로 마신 커피일 때는 그것이 만델린이든 케냐든 또 다른 이름이 붙은 커피이든 나에게 전혀 상관없는 일입니다.
커피든 포도주든 좋은 사람과 함께 마시는 것은 최상의 맛을 낸다고 생각합니다. 그저 그 친구가 커피 맛을 알고, 알아맞혔다고 생각하게 하고 싶었습니다. 얼마나 기분 좋은 일인가요?

"반찬 가운데 제일 맛난 반찬은 인간 반찬."이라던 어머니 말씀처럼, 최상의 커피는 좋은 친구랑 즐겁게 마신 커피입니다.
…
우리 집 근처에는 전국적으로 이름 난 커피집이 있습니다. 오랜 단골이었지만 우리는 요즘 전혀 그 집에 가지 않게 되네요. 유명세 덕에 많은 인파가 있으니 한 시간 이상 앉아있지 말라고, 책을 읽거나 컴퓨터를 하지 말라고 메뉴판에 떡하니 적혀 있더군요.

커피 가게의 주인공이 커피라고 착각하나봅니다. 커피 가게의 주인공은 사람입니다. 커피와 포도주는 가격과 상관없이 개인의 취향에 따라 각기 다른 맛을 좋아하기 마련입니다. 고된 노동을 하고난 뒤 마시는 종이컵의 달달한 믹스커피는 그 어떤 커피보다 맛있을 때가 있습니다. 좋은 친구들과는 시원한 물 한잔도 커피향보다 진한 향을 낸다고 생각합니다.

친구들과 도란도란 얘기 나누고, 책이나 신문을 읽고 토론하며 나른한 오후 잠시 커피 잔 앞에서 졸 수도 있는 장소. 그런 장소가 진정한 커피 맛을 내는 곳이 아닐까요?

어떤 제자

15년 전 즈음에 졸업한 남학생이 있었습니다. 그는 무척 불우한 환경에서 학업을 했지요. 부모님이 장애인이셨고 기초수급자였기에 비싼 등록금을 내기엔 역부족이었습니다. 요즘 같으면 갖가지 명목의 장학금이 많지만 당시에는 그렇지가 못했네요.

그 남학생은 군대를 제대하고 복학 후 학교 인근의 절에서 학교를 다녔습니다. 밤에는 술집에서 아르바이트를 하였기에 낮에는 수업시간에 꾸벅꾸벅 졸기 일쑤였고 중간고사 시험지엔 엉뚱하게도 반야심경이 한바닥 적혀 있었습니다.

졸업이 다가올 무렵 학교에서 등록금 미납자 통보가 날아왔네요. 그 남학생은 2학기 졸업이 다가오는데도 미처 등록금을 못 냈습니다. 사정을 알고 보니 열심히 아르바이트를 해서 모은 돈을 도둑맞고 말았다네요.

졸업이 코앞인데 참으로 난감한 일입니다. 나는 큰 맘 먹고 그 학생의 등록금을 대납해주었습니다. 공짜는 아니었지요. 졸업 후 취업하면 매달 십만 원씩 나에게 보내는 조건으로.

그렇게 춘천의 유치원에 취업을 했고 두어 달 십만 원씩 부쳐주더니 어느 틈에 감감 무소식이 되었습니다. 나는 고민 끝에 그에게 전화를 했습니다. 지켜야 할 약속은 지켜야한다고 생각해서요. 그 후로 두어 달 입금이 되더니 더 이상 연락이 없었습니다.

그는 직업을 바꾸어 주문진에 있는 유람선업체에 취업을 하였고, 다시 직업을 바꾸고…. 지금은 아이들의 아빠가 되어있습니다.

어떻게 알았느냐구요? 요즘은 전화번호만 알면 카톡이나 SNS에 이런저런 얘기들이 저절로 뜨니까요.

받지 못한 등록금이 아깝지 않느냐 물으신다면….
사실, 15년 전 200만원이 넘는 돈이었으니 적은 돈은 아니었지요. 그 돈을 마련해줄 때까지 악착같이 받을 생각은 없었습니다. 다만, 그 제자가 나랑 약속한 것을 지켜주길 바라는 마음이었지요.

지금은 세월이 흐르고 아이들을 키우는 아빠가 된 그 녀석을 바라보며 문득, 아이들 손잡고 놀러와 주기를 바라는 마음이랍니다.

헤어짐

　며칠 전에도 문득 지난해 갑자기 하늘나라로 떠난 강아지 '빈대' 생각을 했습니다. 참 고마운 강아지. 사실, 마을에서 떠돌다 동네사람들에게 잡혀 죽을 뻔한 녀석을 구조해서 길러주었으니 빈대가 우리를 더 고마워해야 할지도 모릅니다.

　우리와 함께한 7년. 죽기 전 빈대의 나이는 아마 열 살 정도로 추정이 됩니다. 어느 날 깔아주었던 검정색 담요에 흰털이 많은 것을 보고 늙었음을 알았으니까요. 생의 마무리를 참 아름답게 해주어서 두고두고 고마운 강아지입니다. 늘 밥을 잘 먹었고(처음엔 지나치게 많이 먹어서 한 번에 많은 양을 주기가 어려웠지만), 쫄랑쫄랑 잘 따라다녔으며 장난치는 것을 참 좋아하던 강아지입니다.

　생의 말기에 심한 변비로 고생을 했지요(그래도 꿋꿋이 밥을 잘 먹었습니다). 들기름을 먹이고 배를 문질러 해결하긴 했지만 병원에 데려갈 수는 없었습니다. 나는 마지막이 다가온 것을 눈치 채긴 했지만 그래도 1년 정도는 거뜬히 더 살 수 있으리라 생각했습니다.

　지난해 꽤 추웠던 한겨울. 빈대가 이틀 동안 밥을 잘 먹지 않았습니다. 맥도날드에서 가져온 감자튀김을 주니 날름 받아먹더군요. 강아지 집을 꽁꽁 싸두었지만 너무 추울 것 같아 따뜻한 베란다 안으로 옮겨주었습니다.

　밤사이에 강추위가 찾아왔지요. 집을 나간 꼴미 걱정으로 마음이 불편했던 며칠간이었습니다.

　이른 아침, 베란다 강아지 바구니에서 평안하게 잠든 빈대를 보았습니다. 잠을 자고 있는 줄 알았습니다.

뒤척이거나 괴로워했던 흔적이 전혀 없이. 정말 편안히.

빈대는 나에게 마음의 짐을 주지 않고 떠났습니다. 만일 마지막 끼니였던 맥도날드 감자튀김을 받아먹지 않았다면 밤새 얼마나 걱정했을까요? 만일 평소처럼 마당에서 재웠더라면 얼마나 자책했을까요? 만일 뒤척이고 괴로워했던 흔적을 남긴 채 죽어있었다면 얼마나 마음이 힘들었을까요?

빈대는 우리 집 꽃밭에 묻혔습니다. 빈대는 우리에게 즐거움과 행복을 주고 간 강아지입니다.

헤어지면서 우리에게 마음의 짐을 주지 않고 떠난 고마운 강아지입니다. 우리 개들에게 빈대 붙어 살다가 붙여진 이름, 빈대! 하지만 종국에는 주인공으로 살다 갔습니다.

저마다의 사연으로 우리 집으로 온 강아지들. 떠날 때 마음의 짐을 주지 않고 떠났으면 하는 바람을….

나는 아버지가 떠나셨을 때 마음이 아프지 않았습니다. 괴롭지도 않았지요. 끊임없이 부모님께 효도했었던 큰오빠가 제일 괴로워했습니다. 가끔씩 아버지가 생각나곤 하지만 아버지는 나에게 마음의 짐을 전혀 주시고 가지 않았습니다.

그러나 어머니.

막내인데도 나는 어머니한테 곁을 주지 않았습니다. 어머니한테 나는 늘 '손님'이었습니다.

돌아가시기 한 달 전, 어머니는 마음속 이야기를 전부 털어놓으셨지요. 듣지 않아도 아는 얘기가 대부분이었지만. 더 이상 세상에 미련이 없으셨습니다. 백발이 되어버린, 거동이 불편했던 내 어머니. 어머니는 내 마음의 짐을 내려주고 가셨습니다.

아주 긴 시간동안 나는 어머니가 내 마음을 알아주길 바랐습니다. 그런데 어머니는 그 모든 것을 이미 알고 계셨습니다. "네가 없었다면 어쩔 뻔 했니? 나에게 막내로 태어나줘서 진심으로 고맙다."고 하셨지요.

그런데 요 며칠간 왜 이리도 눈물이 날까요.

어머니의 딸로 태어나서 행복했습니다. 이 말을 그때 해드릴 것을….

4장

그의 그림에 귀 기울이다

박동일, 그의 그림에 귀를 기울이다

"박동일의 그림 세계는 음악과 미술의 경계를 넘나들며 시간과 공간에 대한 자유로움을 맘껏 표현하고 있다."로 시작되는 평론을 기대하며 이 글을 읽으시는 분들께는 실망스럽겠지만, 나는 미술 분야에 관해 전혀 아는 바 없어 전문적 평론이나 그림도해는 할 수 없다.

그의 그림이 상징주의인지 초현실주의인지 분류하고 분석하는 일은 전문 평론가들께 미루기로 하고 그저 내가 아는 박동일, 그리고 내가 읽은 그의 그림이야기를 하고자한다.

"서양화가 박동일 씨 파리에 유학가다."(경향신문, 1982년 5월)

어떤 화가가 파리에 유학을 떠난 것이 신문 기삿거리가 되던 시절에 프랑스로 간 그는, 3년 후 돌아올 거라는 기사 내용과 달리 30년 째 여전히 그곳에 머물고 있다.

신문기사도 다 믿을 건 아닌 모양이다.

새. 나비. 잠자리. 개구리. 딱정벌레. 해와 달과 별. 이어서 조그만 집과 나무, 그리고 그 속을 누비는 강아지들이나 아이들…. 그의 그림 속에 등장하는 소재들은 30년이 지난 지금도 변함이 없는 듯하다. 박동일의 그림은 밝고 화사하고 자유롭고 음악이 넘쳐흐른다.

아마 대부분은 이런 느낌을 제일 먼저 가지게 되리라 생각한다. 갖가지 것들이 복잡하고 답답하게 채워져 있어서 어지럽고 현란하고 느낀다면 그 또한 옳다.

작가의 손을 떠난 그림의 해석은 그것을 보는 이의 몫이기 때문이

다. 그림 속 빨강새 파랑새 들은 당신의 마음자리에 따라 즐겁게 노래를 할 수도 있고 슬피 울어줄 수도 있다.

그림 속 원두막 아래엔 수박밭이나 참외밭이 있고, 어쩌면 오이나 파프리카가 열려 있을 수도 있다. 그 원두막의 주인은 당신이니까. 언젠가 당신의 무심한 출근길에 광화문 모퉁이 아스팔트를 뚫고 피어 있던 기특한 민들레 한 송이도 발견할 수 있을 것이다. 어릴 적 당신이 살던 외가댁 수돗가도 있을 것이고. 수돗가 옆의 장독대가 보이지 않는다면, 살짝 그려 넣으시라. 원래 '그리다'의 의미는 그런 것이기도 하니까. 그의 그림은 그리움이다.

나는 오늘도 숨은 그림 찾기를 한다. 쌩떽쥐뻬리 그림에 나오던 양을 꼭 빼어 닮은 우리 강아지 무똥, 버림받고 마을을 떠돌다 우리 집에 빈대 붙어 사는 강아지 빈대, 꼴미, 곰팅이 하늘나라 천사가 된 미루, 우리 집에 놀러왔다가 초상권 침해를 당한 두루미, 물오리, 잠자리와 개구리… 검정색으로 그렸지만 내 빨간 자전거도 용케 찾았다.

그리고 아침마다 함께 거닐던 쌩 제르멩 섬. 공원 가득 핀 풀꽃들. 그 곁을 흐르는 세느강. 베르사유로 향하는 기찻길. 그 기찻길 아래의 옹기종기 줄지어 자리잡은 아뜰리에. 그 사이로 풍기는 물감 냄새와 이방인 조각가 G가 끓인 커피냄새까지도 찾았다. 늘 고독한 금붕어 '출싹이'는 하늘을 날아다니고 있다. 이방인들에게는 꼭 필요하다는 체류증도 없이, 십 년 째 아르쉬 19번지 아뜰리에 25호에서 무전취식하더니 드디어 득도를 한 모양이다.

파리에서 그린 그의 그림들에서는 이상하게도 지지리도 가난했던 내 유학시절의 아련한 향수나 그리움, 아니면 미련을 찾아낸다.

'내 마음의 꽃밭'은 영락없이 지금 내가 살고 있는 강원도 초시마을의 풍경화 같다. 너른 들판에 두루미가 날아다니고 원두막에선 음악이 흐르고 수돗가엔 앵두나무가 있는. 그래서 작가가 '과거'를 그렸다면 나는 '현재'를 읽는다. 작가의 손을 떠난 작품은 나의 것이고 당신의 것이 된다.

"나의 살던 고향은 꽃 피는 사~안~골…"을 흥얼거리며 그림을 그리던 소년. 사금파리 줏어다 섬돌 위에 별을 그리던 소년. 아빠 손잡고 송화강에 낚시 갔다가 요정을 만났던 그 소년은 지금도 매주 스케치북과 크로키 연필을 챙겨들고 뽕 달마(Pont d'Alma) 귀퉁이에 있는 화실에 데생 연습을 하러 간다. 매일 연습을 하면 조금 더 나아지는 것 같다며.

몇 해 전, 그가 읽고 나에게 건넨 책『첼리스트 카잘스, 나의 기쁨과 슬픔』(p.350)의 마지막 구절엔 이렇게 적혀 있다.
"물론 나는 계속 연주하고 연습할 겁니다. 다시 백 년을 더 살더라도 그럴 것 같아요. 내 오랜 친구인 첼로를 배신할 수는 없지요."
끝 문장 바로 아래에 눈에 익은 자필 서명 : le 17, Juillet 2009. 초시마을, 우리 행복의 공간에서.

이 글의 쓰임새가 어긋난다고 생각하신다면, 그것 또한 당신의 마음 자리에서 비롯되었다고 주장하고 싶지만… 그것만은 사실인 듯하다.
자고로 전람회 팜플릿에서 머리글을 읽을 사람은 거의 없다는 것을 잘 알기에 감히 이 글을 쓸 수 있었다. 부디 작가에게 이 글이 누가 되지 않기를 바라며, 그저 즐겁고 쉽게, 그리고 조금은 웃으며 읽고 행복한 마음으로 그림 관람하시길!

ps. Je serai toujours à l'abri de toi qui n'as même pas de toît….

...

우리 남편은 화가입니다. 남편의 전시회를 준비하다가 도록에 글을 싣기로 한 평론작가와 연락이 닿지 않아 팜플릿 인쇄 직전 급하게 땜질하기 위해 내가 쓴 글입니다.

정원: 가을. Le Jardin (3)

100X 100cm
Technique mixed

사계 : 봄
80 X 80cm
Technique mixed

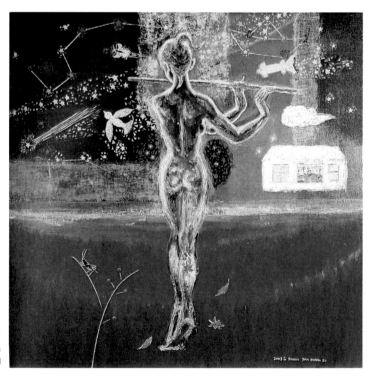

밤(Nocturn)
100X 100cm
Technique mixed

언제나 즐거운 우리 마을 : 사과

100 X 73cm

Technique mixed

환상의 여행 (Voyage Fantastique)

65 X 92cm

Technique mixed